이중섭 편지

이중섭 편지

이중섭 지음
양억관 옮김

현실문화

　이 책은 화가 이중섭이 아내 이남덕(마사코)와 두 아이 태현과 태성, 조카 이영진, 정치열과 박용주 등 지인에게 보낸 편지를 그의 작품들과 함께 실은 것입니다. 현재 남은 이중섭의 편지는 1952년에 아내 남덕과 아이들을 일본으로 떠나보낸 후 쓰인 것들입니다. 가족에게 쓴 편지는 모두 일본어로 쓰였습니다.

　이 책은 이중섭이 편지를 보낸 날짜와 내용을 확인해 발신 순서에 맞춰 배열하고, 이중섭이 지낸 장소에 따라 크게 네 개의 장으로 편지를 나눠 담았습니다. 몇몇 편지는 쓴 날짜가 없거나 소인이 찍힌 봉투가 유실된 탓에 일자가 분명하지 않은데, 이 경우에는 '~일경'과 같이 추정일을 적었습니다. 편지를 네 장으로 나눈 이유는 이중섭의 삶과 작품의 모습이 우연찮게도 그가 그림을 그리며 머물렀던 곳과 겹쳐 더욱 선명히 드러나는 탓입니다. 가족에게 쓴 편지와 지인에게 쓴 편지를 나누지 않은 것도 그편이 그 무렵 이중섭의 상황과 감정을 파악하는 데 도움이 될 것이라 여겨서입니다.

　각 장의 시작부에는 당시 이중섭의 생활과 그림 등의 상황을 간략하게 적어 편지에 담기지 못한 저간의 사정을 메우려 했습니다. 이와 더불어 뒤쪽에 실린 연보를 함께 읽으시면 이중섭의 삶을 이해하는 데 많은 도움이 될 것입니다. 이 책이 화공 이중섭의 가족에 대한 사랑과 그리움, 예술에 대한 가없는 열정을 독자들께 전할 수 있는 기회가 되기를 바랍니다.

　편지글에서 '아고리'는 일본 유학시절 턱이 길다고 해서 얻은 이중섭의 별명이고, '발가락 군'과 '아스파라거스'는 발가락이 유난히 길다고 해서 이중섭이 아내 남덕에게 붙인 애칭입니다. '대향(大鄕)'과 '구촌(九村)'은 이중섭의 호입니다.

차례

1. 부산 시절:

소의 말

높고 뚜렷하고
참된 숨결
나려 나려 이제 여기에
고웁게 나려

두북두북 쌓이고
철철 넘치소서

삶은 외롭고
서글프고 그리운 것

아름답도다 여기에
맑게 두 눈 열고

가슴 환히
헤치다.

1951년 봄 제주도 서귀포 이중섭의 방에 붙어 있던 시를
조카 이영진 씨가 암송하여 전하는 것입니다.

~1953년 여름

부산 시절

원산 시외인 송도원에 살던 이중섭 가족은 한국전쟁의 포화를 피해 피난을 떠납니다. 도착한 곳은 부산. 그러나 한꺼번에 몰려닥친 피난민이 넘치자 다시 제주도로 보내집니다. 그때가 1951년 봄. 이들이 다시 부산 범일동의 판잣집으로 옮긴 때는 그 해의 끄트머리인 12월 무렵이었습니다. 부산과 제주, 다시 부산으로 이어진 고난 속에서 아내가 폐결핵에 걸려 각혈을 하고 아이들이 병드는 등 곤란이 계속되었습니다. 또한 일본에서 이남덕의 아버지가 돌아가셨다는 소식이 날아듭니다. 이중섭은 처음에는 이 사실을 숨겼지만 얼마 후 아버지의 유언에 따라 딸들에게 재산을 상속한다는 두 번째 서신을 아내 남덕이 직접 받게 됩니다. 혼례를 치렀지만 아직 일본인 신분이던 남덕이 상속인으로서 직접 가 법적인 절차를 밟아야 했습니다. 고민 끝에 부인과 두 아들은 일본인 수용소에 들어갔다가 1952년 여름에 일본인 송환선을 타고 일본으로 갑니다. 나중에 중섭이 일본으로 가 함께 생활하기로 한다는 계획도 세웠습니다.

　이중섭과 가족들, 특히 아내와의 편지 교환은 이때부터 시작됩니다. 현재 남은 편지는 1953년 3월 9일자가 처음입니다. 헤어진 지 상당한 기간이 지나서야 편지가 처음 등장하는 것은 이 무렵 한일 관계에 먹구름이 꼈었던 까닭입니다. 또한 1952년 말 또는 이듬해 초, 일본에 있던 부인이 이중섭의 생활비와 제작비를 벌 요량으로 통운회사 사무장으로 일하던 이중섭의 후배 마영일을 통해 일본서적을 한국으로 보내 파는 일을 시작하지만 책값을 떼이고 큰 손해를 본 일도 이들의 소통을 방해합니다. 더욱이 일본에 밀항해 갔다가 체포된 이중섭의 친구가 부인에게 보증금과 여비를 빌리고는 이를 돌려주지 않아 큰 빚을 지게 됩니다. 그는 광복을 전후하여 이중섭의 집에 얹혀살면서 이중섭으로부터 직장을 얻기도 한 사람이었습니다. 이렇게 커진 빚을 갚느라 부인은 삯바느질을 하는 등 몸을 혹사해 그렇잖아도 좋지 않은 건강을 더욱 해치게 됩니다.

　1953년 7월 말, 오래 애쓴 끝에 선원증을 입수해 일본으로 가서 아내와 아이들을 만나고 일주일 만에 돌아옵니다. 이 무렵의 편지에는 그러한 정황이 드러나 있습니다.

하루하루 행복하게
지내기를 바라오

귀엽고 소중한 남덕 씨.

손꼽아 기다리던 3월 3일자 편지 받았어요.

마 씨 건으로 남덕 씨가 얼마나 곤경에 빠졌는지 잘 알아요. 그런 불안 때문에 매일 밤 악몽을 꾸다 식은땀을 흘리는 당신 모습이 떠올라 이 대향은 남덕 씨뿐만 아니라 어머님…… 책방 부인께 얼마나 죄송한지 모르겠소.

내가 2월 6일 이후로 편지를 내지 못한 사연과 마 씨 건에 대해 적어 3월 4일에 부친 편지 받았나요? 마 씨는 당분간 배를 탈 수 없게 되었어요. 몇 월 며칠 어느 시간에 다른 배를 탈 수 있는지 회사의 지시를 기다리고 있다오. 지금 환전 문제로 분주한데…… 매일처럼 나는 마 씨의 형과 김종영 씨와 함께…… 마 씨에게 돈을 받으려고 아침 이른 시간부터 밤 8시 9시까지 기다리고 있어요. 만일 또 배신한다면 경찰 친구가 마 씨를 잡아서 돈을 받아주겠노라 약속해주었어요. 그러니 마음 놓아요.

3월 4일에 부친 내 편지에서 부탁한 새로운 서류를 한 통씩 받으면 당신에게 전화하고 열흘 안으로 부산항을 출발하겠소. 더 빨라질지도 모르겠어요. 곧 만날 수 있을 테지요. 마 씨한테서 내가 출발하기 전까지 돈을 받지 못하면 출발 4, 5일 전에 고발해서 틀림없이 원금에 이자를 '보태서', 또 늦어진 만큼 그 이자에 이자를 '보태서'(원금+이자+이자) 책방과 그대가 손해를 보지 않게끔 성심껏 노력해서…… 내가 직접 가지고 갈 테니 안심하세요.

앞으로는 사랑하는 아내와 사랑하는 아이들이 마음 놓고 생활할 수 있는 길이 여러 가지 있으니 걱정하지 말고…… 나쁜 꿈을 꾸거나 식은땀 흘리지 않도록 마음을 푹 놓아줘요.

지금까지 나도 많이 고생했다오. 하루에 한 번 우동하고 간장만으로 식사를 하는 날, 두 번 먹는 날, 그렇게 오늘까지 살아왔어요. 열흘 전부터 심한 기침으로 목소리가 갈라져서…… 몸이 많이 약해졌어요. 지난겨울도 거의 제대로 입지 못하다가 최상복 씨가 가져다준 개털 외투를 입고 잤는데, 온기도 없는 8평짜리 방에서 혼자 밤을 보내야 했어요. 거기에다 산꼭대기에 지은 판잣집이다 보니 바람이 너무 불어닥쳐요. 추운데다 배도 고프고…… 그런 사정을 넘어 대향은 지금도 분명히 살아 있으니…… 조금만 있으면 사랑하는 아내와 아이들을 만날 수 있다는 희망과…… 펄펄 살아 숨 쉬는 새로운 생명을 내포한 새로운 세계를 지향하는 그림을 그릴 수 있다는 바람 하나만으로 참아왔다오. 이제부터는 진지하게 사랑하는 아내와 사랑하는 아이들의 생활안정과 대향의 예술완성을 위해 오로지 최선을 다할 생각이니, 예쁘고 진실되며 나의 진정한 주인인 남덕 씨, 이 대향을 굳게 믿고 마음 편안히 힘차고 즐거운 미래만을 생각하며 하루하루 행복하게 지내기를 바라오.

이 편지를 받으면 내가 부탁한 서류를 새롭게 한 통씩 시급히 만들어 보내줘요. 빠르고 명확한 방법이 있어서 새롭게 한

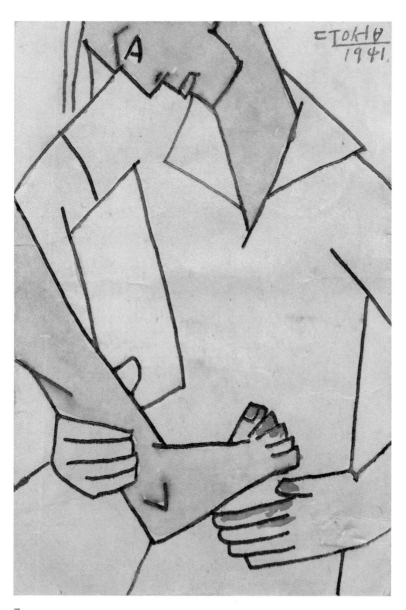

발을 치료하는 남자
종이에 잉크 · 수채, 1941년 6월 4일, 14×9cm

통씩이 필요하오. 어머님의 증명서, 히로가와 씨의 증명서, 모던아트협회의 증명서, 이마이즈미 씨의 증명서, 등기속달 항공편으로 보내줘요. 보낸 다음에는 내 전화를 기다려줘요. 고베 아니면 시모노세키가 될 테지요. 전화할게요.

예쁘고 소중한 내 사람이여!!!!!

진실한 화공 중섭대향을 뜨거운 마음으로 기다려줘요. 나의 소중한 보물 발가락을 잘 건사해주고요.

"서류 각 한 통씩 등기속달로 부탁해요."

마 씨 건은 마음 놓고 기다려줘요. 그럼 건강히. 사흘에 한 통씩 반드시 편지 보내줘요.

중섭대향

어떻게 내 마음을
그대에게 전해야 좋을지 모르겠소

가장 아름답고 소중하고 또 소중한 내 사랑 내 기쁨의 샘 남
덕 씨.

진심 어린 편지와 셋이서 찍은 사진과 친구와 찍은 사진 네
장을 받고 너무 기뻐서 기뻐서 기뻐서……

내가 이렇게나 행복할 수 있다니…… 꿈같은 기분이란 지
금의 내 마음을 말하는 것일 테지요. 사진에 나온 남덕 태현
태성의 모습은…… 그냥 그대로 가슴에 담아버리고 싶을 만
큼 사랑스럽고 또 사랑스러운 모습이었소. 그대는 너무도 아
름답고 소중하고 훌륭한 나의 유일한 사람이라오. 빨리 만나

서귀포의 환상
나무판에 유채, 1951년, 56×92cm

서 오래 오래 끌어안고…… 언제까지고 언제까지고 하나가 되어 아이들과 함께 멋들어진 일들을 만들어갑시다.

 성심성의껏 작성해준 서류 고마워요. 히로가와 씨의 서류가 작성되면 바로 등기로 보내줘요. 나중에 만나 그대에게 보답으로…… 별들도 눈을 꼭 감고 숨죽일 만큼 길고 깊게 키스해줄게요. 지금 내가 그대를 얼마나 깊이 뜨겁게 사랑하는지, 어떻게 내 마음을 그대에게 전해야 좋을지 모르겠소. 내가 멋들어진 그림을 그리면 될까요. 나의 사랑스럽고 또 사랑스러운 선생님, 제발 좀 가르쳐주세요.

 그대들 곁에만 있을 수 있다면 얼마든지 훌륭한 대작을 거침없이 만들어낼 자신이 가득하다오. 올바르게 이루어야 할 새로운 시대의 회화예술에 대한 사명감을 가지고 장거리 마라톤 선수처럼 그러나 달리지 않고 한 걸음 한 걸음 굳세고 충실하게 내디디며 완성해낼 생각이라오. 나의 사랑 나의 사람, 그대와 두 아이가 열렬히 응원해주세요. 지금부터는 목숨을 걸어야 해요. 커다란 캔버스에 물감을 마구 칠하기만 하면 되는 거라오. 사랑스러운 발가락을 소중히…… 사진,

카메라로 빨리 찍어서 보내주세요.

중섭 대향 구촌

아래 – 남 씨가 노근성 씨의 학원(서류) 작성비용으로 10달러를
가지고 갔는데 받았나요.

대향은 참 무력해 보이는 남자이지만
은근히 강한 남자이기도 하다오

소중하고 사랑스러운 남덕에게.

4월 13일자 편지 잘 받았나요. 조금 마음을 편안히 내려놓
았나요. 원산, 부산, 제주도까지 헤매고 다니며 사경을 넘으
면서 대향과 남덕의 애정은 더욱더 굳건해졌고, 지금 태현이,
태성이도 건강하게 잘 자라주고 있지 않나요? 더 더 시야를
넓혀 여유롭게 세상을 바라보며 나의 새로운 회화예술이 완
성될 수 있게 노력합시다. 이제부터는 가난 따위에 대해서는
생각도 하지 말고 오로지 씩씩하게 삶을 헤쳐 나아갑시다.

나는 늘 생각한다오. 내 사랑 남덕 씨는 화공 대향에게 가장

과수원의 가족과 아이들

종이에 잉크 · 유채. 20.3×32.8cm

잘 어울리고 훌륭한 아내라고. 하늘이 더없이 아름답고 대향에게 꼭 맞는 진정한 여인을 내려주었다고. 화공 대향은 어떻게 하면 사랑스러운 남덕 씨의 마음을 내 사랑으로 가득 채울 수 있을까, 지금도 오로지 그 생각뿐이라오. 내 두 팔에 쏙 들어오는 작은 몸매의 귀엽고 유일한 나의 애처…… 마음 푹 놓고 나를 믿고 기다려주시구려. 우리만큼 강하고 진정으로 건강한 부부는 이 세상에 없을 테지요. 대향은 남덕을 믿고 남덕은 대향을 믿어요. 이 세상에 이보다 더 확실한 사실이 또 어디 있을까요. 난 지금 남덕 씨를 끌어안으며 가슴 두근거리고 있다오. 우리 네 가족 앞에 무슨 일이 닥쳐도 조금도 흔들리지 말아야 해요.

진실하고 무엇보다 사랑스러운 남덕 씨. 대향은 참 무력해 보이는 남자이지만 은근히 강한 남자이기도 하다오. 앞으로 더욱더 강해질 것이오. 화공 대향은 자신만만하다오. 대향은 반드시 남덕 씨를 행복하게 해줄 것이오.

당신한테 가려고 패스포트를 만들기 위해 사나흘 전에 찍은 사진이에요. 자세히 보면 아주 침착하면서 자신감에 가득 찬 표정이 아닌가요. 이 사진에 입 맞춰주세요. 태현이 태성이한테도 보여주고요. 어머님께도 한 장 드리세요. 바로 답장 줘요. 나의 소중한 발가락, 네 귀엽고 빛나는 눈동자, 내가 좋아하는 도톰한 손가락, 그리고 이것저것 많이많이 적어 보내줘요. 내 가슴과 머리에는 사랑스러운 남덕 씨가 가득하다오. 당신을 끌어안고 키스를 보내오. 부디 건강히 지내요.

중섭 대향 구촌

대향은 마 씨 건이 완전히 해결된 이후에 갈 겁니다. 마 씨 건에 대해서는 안심, 안심, 안심.
배 도착이 조금 늦어지는 듯…… 아직 부산항에 들어오지 않았어요. 내일(21일) 해운회사에 가서 확인할게요. 22일에 마 씨 건에 대해 다시 상세히 적어 보낼게요. 마음 놓고 기다려줘요. 그날 좋은 일들 많이 적어서 보낼게요. 건강히 기다려줘요.

대향○

그대들이 건강하게 잘 지낸다는 소식을
전해 들었고…당신이 전하는 말도 들었어요.

나의 진정한 희망의 꽃봉오리 남덕 씨.

4월 17일자 편지 기쁘게 받아보았소. 아름다운 사진 두 장
도 잘 받았고요. 편지를 받기 세 시간 정도 전에 고재영 씨를
만나…… 그대들이 건강하게 잘 지낸다는 소식을 전해 들었
고…… 당신이 전하는 말도 들었어요. 당신이 보내준 바지,
스웨터, 점퍼, 셔츠 등은 아직 배에 두었어요. 지금 배에서 돌
아오는 길인데 몸이 피로해서 오늘은 쉬었다가 내일(23일) 3
시 반경에 고재영 씨와 함께 배에 가서 가지고 오자는 약속을
하고 헤어졌어요. 대향도 당신 편지를 받기 얼마 전에 내 사

진 두 장을 편지에 넣어서…… (내일이 배편이 있는 목요일)
서둘러 보낼게요. 받으면 바로 답장 줘요.

　마 씨는 아직 부산항에 입항하지 않았어요. 마 씨가 부산항
에 들어오는 대로 경찰이 해운회사 쪽에 알리기로 해두었으
니 마음 놓아요. 내일(23일) 고재영 씨와 같이 배 안으로 들
어가서 스웨터, 바지, 점퍼, 셔츠 따위를 가지고 오면 그다음
날(24일) 다시 마 씨 건을 비롯하여 자세한 소식을 전할게요.
그럼 건강하게 자주 더 많이많이 편지 줘요.

중섭 대향 구촌

당신의 모든 것을
떠올려 봅니다

내 사랑, 소중하고 사랑스럽고 상냥한 사람, 존경하는 내 사람 남덕 씨.

오늘 4월 28일 아침.

일찍 잠에서 깨어 얼굴을 씻고 그림을 그리기 전, 마당에 선 푸르른 나무 이파리에 쏟아지는 햇살의 아름다운 자연을 바라보다가 당신의 모든 것을 떠올려 봅니다. 이 그림쟁이, 그대를 너무 너무 사랑하여 가슴이 터질 것 같으오. 이 뜨거운 그리움을 어떻게 하나요.

그대와 나의 아름다운 결실 태현이 태성이에게 뽀뽀 뽀뽀.

_
누운 여자
종이에 잉크 · 수채, 1941년 6월 3일. 9×14cm

_
바닷가
종이에 잉크 · 수채, 제작일 모름. 9×14cm

빨리 빨리 이 아고리의 두 팔에 안겨 부드럽고 길게 입맞춤
해줘요. 지금도, 아니 어느 때고 상냥한 그대를 생각하면 가
슴이 터질 것 같다오. 빨리 건강을 찾아서 우리의 소중한 발
가락을 한껏 쓰다듬어줘요. 아아!! 싱그러운 아침의 기운으
로, 태양보다 뜨겁게, 파란 이파리보다 더 파랗게, 내 모든 작
품을 걸고 그대를 사랑하고 사랑하고 또 사랑하오.

한도 끝도 없이 사랑스러운 내 사람이여. 내 머릿속은 그대
를 향한 사랑의 말로 터질 것 같다오. 부드럽게, 부드럽게 받
아줘요.

모든 사람에게는
다들 똑같은 고통이 있는 거외다

이 대향이 몇 번이나 사흘에 한 번은 편지 보내달라고 부탁
했는데 왜 이런저런 이유만 늘어놓으시오. 우표 값이 없다고
하는데…… 3일에 한 번 편지를 보내는데 우표 살 돈이 없다
는 게 말이나 되오? 확실히 말해주기를 바라오. 대향이 반년
동안 3일에 한 번 편지를 달라고 했는데, 도대체 몇 번이나 내
말대로 했다고 생각하시오. 1년이나 얼굴도 못 보고 멀리 다
른 나라에 떨어져 사는 사람이 그렇게 편지를 달라고 부탁하
는데도 들어주지 않는 여자를…… 어떻게 나더러 믿으라는
말이오. 대향이 바라는 대로 하기 싫다면 그만두세요. 확실한

—
세 사람
종이에 연필, 1942—45년경, 18.2×28cm

대답을 하지 않는다면, 난 정말 불쾌하오.

　남덕 씨만 생활이 어렵다고 생각하는가요? 모든 사람에게
는 다들 똑같은 고통이 있는 거외다.

5월 12일자 편지를 읽은 뒤

오로지 그대만을 뜨겁게 사랑하기에
그대에게만 심한 요구를 하는 것이라오

소중한 남덕 씨

5월 15일자 편지와 사진 두 장 받았어요. 진심 어린 편지 몇 번이나 읽으며 마음을 놓았어요. 내가 조금 신경질적으로 글을 보내더라도 널리 이해해줘요. 오로지 그대만을 뜨겁게 사랑하기에 그대에게만 심한 요구를 하는 것이라오. 남덕 씨는 어느 때 어떤 경우라도 내 요구를 충족시켜주어야 해요. 대향의 이 커다란 열정은 아름답고 소중한 그대만의 것이라오. 내 마음을 가득 채우는 것은 오로지 나만의 아름답고 소중한 아내뿐이오. 하루 종일 그대만을 생각하다가 빨리 만나고 또 만

나고 싶어 견딜 수가 없어요. 남덕 씨는 이 세상에서 유일한 대향의 현처라오. 대향을 굳세게 크게 믿기만 하면 되는 것이라오.

조금 힘이 들더라도 사흘이나 이틀에 한 번은 반드시 편지 내줘요. 대향은 지금 오로지 사랑스러운 그대의 즐거운 편지와 빨리 그대 곁으로 가는 것만 생각한다오. 나는 그대들을 내 모든 것을 던져 사랑하고 또 사랑하오. 대향보다 더 자신의 아내를 사랑하는 화공은 세상에 다시없다고 확신하오. 이제부터는 힘차고 건전한 열정으로 살아가면서 이 고통스러운 가난을 이겨내고 멋진 작품을 끝도 없이 생산해서 세상에 널리 알려봅시다. 세상에서 가장 아름다운 그대 발가락을 매만지며 세차게 그대를 끌어안고 싶소.

나의 소중한 아내여, 그럼 건강하시오. '대향만을' 믿고 사랑하며 편지 많이 많이 쓰면서 태현이와 태성이랑 나를 기다려주오.

2, 3일 안에 자세한 사정을 적어 보낼게요.

마 씨 건은 거의 정리되었어요. 미슈쿠행 배편을 기다리고 있어요.

이중섭 대향구촌

오로지 오로지 어떤 일 하나만이
우리에게 소중한 것이라오

나의 소중한 기쁨이여, 귀중하고 유일한 사람이여, 나만의
남덕 씨.

5월 20일자 편지가 놀랍게도 22일에 도착했어요. 어제 기
쁘게 받아보았소. 여러 가지 걱정이 많을 줄 알지만…… 대향
남덕 태현 태성이 모두 건재하니 이보다 더 큰 기쁨은 없지
않겠소. 가난 같은 건 생각하지 말아요. 오로지 오로지 어떤
일 하나만이 우리에게 소중한 것이라오. 그대가 그립기에 마
음이 괴로워요. 무엇보다 가장 필요한 것만을 오로지 바라고
노력하여 손에 넣어야 하오. 언제든 마음을 하나로 모아 그것

아이들과 끈

종이에 유채 · 연필, 32.3×49.8cm

바닷가의 아이들

종이에 유채 · 연필, 32×49cm

만으로 가득 채우는 것이 중요하다오.

　마 씨에게 8만 엔을 받았어요. 인편으로 보내면 복잡해질 테니 대향이 직접 가지고 가겠소. 나머지 22만 7400엔은 8월 10일까지 반드시 지불하겠다는 연대보증인 3명이 도장을 찍고 마영일 씨가 발행한 차용증을 받았으니 걱정하지 않아도 되오. 이번 8월 10일까지 잔금을 완전히 지불하지 않으면 험한 꼴을 당하게 된다는 것(징역 3년)을 마 씨도 잘 아니까 반드시 주게 되어 있어요. 조금 늦어지기는 하나…… 자세한 설명은 만나서 하도록 할 테니 조금도 걱정하지 말아요. 잔금은 매달 조금씩 지불한다는 약속을 받아두었어요. 대향은 작품도 제작하지 못하고 마 씨 건 때문에 분주했는데도 이 정도 현금밖에 받지 못한 것이 너무 애석하다오. 널리 이해해주구려. 요전에 마 씨 건이 〈경향신문〉에 실렸고 그걸 보냈는데, 받아보았는가요. 받았으면 답장 내줘요. 그럼 몸 튼튼히……

　대향은 배편을 기다리고 있다오.
　또 연락하겠소.
　발가락에 대해서도 적어 보내줘요.

대향

—
소와 소년
종이에 연필. 1942년 추정. 29.7×40cm

—
소와 여인
종이에 연필. 1942년 추정. 40.5×29.5cm

여인

종이에 연필, 1942년, 41.3×25.8cm

요즘 들어 신경이
많이 날카로워졌어요

내 사랑 남덕

5월 31일자 편지를 받고 마음이 놓였어요. 다시는 그런 글 보내지 않을게요. 약속해요. 요즘 들어 신경이 많이 날카로워졌어요. 몸이 좋지 않아 그럴 거라는 생각이 들어 조심하고 있어요. 2, 3일 동안 친구(원산의 황인호 씨가 서울에서 부산으로 와서요)가 오는 바람에 답장이 조금 늦어졌어요. 내일은 마 씨 건과 관련된 배편에 대해 상세히 적어 보낼게요. 가능한 한 매일 편지를 쓸 생각이에요. 그대도 가능하다면 매일 편지 보내주세요. 그럼 몸 튼튼히, 편지 기다릴게요.

이중섭 대향 구촌

섶섬이 보이는 풍경
나무판에 유채, 1951년, 41×71cm

태현이 태성이 데리고
지정된 장소까지 와줘요

사랑스럽고 소중한 남덕 씨.

김광균 형을 만난 뒤에 보내준 6월 4일자 편지 기쁘게 받아 보았어요. 마 씨 건에 대해서는 자세히 적어 보내고 싶지만 이제 곧 우리가 만날 테니 만나서 이야기하도록 하지요. 대향은 지금 작품을 팔고 배편을 기다리느라 정신이 없어요. 배편이 정해져서 출발할 때는 자세히 편지를 보내고 전보도 칠 테니까 태현이 태성이 데리고 지정된 장소까지 와줘요. 히로시마가 될지 시모노세키가 될지 몰라요. 건강하게 기다리며 편지 보내줘요. 마 씨 건은 걱정하지 말고 기다려줘요. 대향이

—
문현동 풍경
종이에 연필 · 유채, 1953년, 14×20cm

출발하면 편지 받자마자 마중 나올 수 있게 준비해 두세요.
나는 거의 매일 편지를 보낼 테니 반드시 답장하는 거 잊지
말고요. 그럼 건강하게 기다리며 편지 줘요.

6월 10일

이중섭 대향구촌

용기를 주고 싶고
기쁨도 주고 싶소

나만의 귀여운 남덕 씨.

5월 30일, 6월 4일, 6월 8일, 6월 10일자 그대의 성심 가득한 편지 고마워요. 대향이 부탁한 대로(바쁜 가운데서도) 거듭 편지를 보내주어 깊이 감사드려요. 화공 대향은 너무 만족스러워 파이프 담배를 피우면서…… 매일 배편을 기다린다오. 2, 3일 안에 도쿄에서 돌아온 김광균 씨를 만나려고…… 광균 씨의 회사를 찾아갈 생각이에요.

6월 8일자 편지에 태현이가 아빠를 생각하는 상냥한 마음…… 엄마(대향의 현처 남덕)와 닮은 것 같아 너무 기쁘고

꽃과 아이들
종이에 채색, 23×18.6cm

감격스러웠어요. 지금 이 편지와 함께 태현이 태성이에게도 편지를 쓸 생각이었는데, 재미있는 그림을 2, 3장 보내고 싶어서…… 내일이나 그다음 날 천천히 그려서 같이 보낼 생각이라오. 태현이 태성이한테도 그리 전해줘요. 당신한테 보내는 편지도 참 못쓰는 편인데 아이들에게 쓰는 건…… 도무지 잘 되지가 않아요. 어떻게 써야 아이들이 기뻐할지 생각해본다오. 용기를 주고 싶고 기쁨도 주고 싶소.

이런 생각을 하다 보니…… 지금까지 대향은…… 여러 가지 사정으로 초조하고 짜증스러운 하루하루를 살아가느라 그대들에 대해서 '보고 싶다'는 것 말고는 깊이 생각하지 않았던 것 같소. 남편으로서 아빠로서 참으로 죄송스럽게 생각하오. 그러나 이제부터 대향은 반드시 새롭고 멋들어진 작품을 표현하고 만들 자신이 충만하므로…… 앞으로는 그대에게도 아이들에게도 힘이 될 수 있을 것이오.

잠깐이라오. 나만의 훌륭한 사람이여…… 이제부터는 멋지고 건전한 생활을 시작합시다. 멋진 일을 성취합시다. 세상에서 가장 훌륭하고 새로운 예술은 우리의 것이오. 사랑스러운 당신과 아이들이 곁에 있는데 왜 화공 대향이 새로운 예술을 창조하지 못하고 새로운 표현을 찾지 못하겠소. 진정 올바르고 아름다운 것들이 가슴에 가득하오. 빨리 만나서 우리 넷이 같이 건실하게 생활해봅시다. 배편이 정해지면 바로 편지와 전보 아니면 전화를 할 테니…… 건강한 모습으로 대향을 기다려주세요.

아이들의 모습, 귀여운 발가락, 도톰한 손가락, 상냥하게 반짝이는 애정이 가득한 그대의 눈동자, 부드러운 입술, 얼마나 살이 올랐을까, 발가락은 하루에 몇 번이나 그 순수한 웃음을 흘릴까……. 이런 것들을 적어 꼭 답장해줘요. 반드시 발가락에 대해 적어주세요.

세상에서 가장 훌륭하고 사랑스러운 사람이여, 그대의 모든 것을 꼭 끌어안고 길고 긴 키스를 보내오.

이중섭대향

대작을 그릴 준비를 하며
온갖 기억들을 소재로 소품을 많이 그렸어요

세상에서 가장 훌륭하고 사랑스러운 나의 남덕 씨.

6월 25일, 6월 28일자 편지 잘 받았어요. 아이를 데리고 돈을 벌기 위해 하는 일은 고통스러울 테지요. 당신에게 도움을 주는 친구분들께 진심으로 감사드리오. 부산도 도쿄와 마찬가지로 장마라서 매일처럼 비가 내린다오. 편지에 생각지도 못한 일이 일어나 걱정이라고 했는데…… 걱정하지 말아요. 조금만 참으면 우리 네 가족이 같이 제대로 된 생활을 할 수 있어요. 힘을 내고 기죽지 말아주세요.

밤에는 박위주 군하고 김영환 형 셋이서 잔다오. 대작을 그릴 준비를 하며 온갖 기억들을 소재로 소품을 많이 그렸어요. 세타가야에서 보여줄게요. 그럼 나의 사랑스러운 유일한 사람이여!! 이어서 편지 보내주세요.

대햐ㅇ

—
가족
종이에 유채. 38×28cm

시간이 너무도 빨리 지나버려
마치 꿈을 꾼 듯한 기분이오

아름다운 사람이여, 나만의 훌륭한 남덕 씨.

그 후 건강하게 지내시나요. 어머님과 여러 분께 안부 전해 주세요. 덕분에 무사히 부산으로 돌아왔어요. 이번에 도쿄에서 당신과 함께한 6일간의 시간이 너무도 빨리 지나버려 마치 꿈을 꾼 듯한 기분이오. 당신과 나누고 싶었던 수많은 이야기…… 하나도 전하지 못하고 와버린 것 같아 너무 안타깝구려. 당신은 역시 세상에서 가장 훌륭하고 유일무이하며 귀중한 나의 보물이라오. 신기할 정도로 당신은 나의 모든 것과 꼭 들어맞는 너무도 멋지고 아름답고 진실된 천사라오. 당신이 가진 모든 미덕이 나에게 깊이 배어들어 얼마나 힘차고 생생하게 삶의 보람을 느끼는지 모른다오.

내가 얼마나 당신을 격렬하게 사랑하는지…… 당신과 헤어진 이후로 하루하루가 얼마나 공허한지. 다음에는 남덕의 모든 것을 꼭 두 팔로 끌어안고 내 곁에서 언제까지고 언제까지고 절대 놓치지 않을 결의를 했다오. 대향은 모든 정성을 다 바쳐 남덕 씨의 모든 것을 있는 힘을 다해 사랑할 테요. 내 숨결 하나하나까지 소중한 아내 남덕에게 바칠 생각이오. 대향의 뜨거운 사랑의 말을 받아주오. 상냥하고 따스하고 훌륭한 그대의 모든 것이 내 머리를 떠나지 않아요. 하루라도 빨리 빨리 참을 수 없이 사랑스럽고 훌륭한 그대와 하나로 녹아들어 작품을 만들고 싶은 이 갈망으로 가슴이 터질 것만 같으오.

존경스럽고 사랑스럽고 소중한 나만의 남덕 씨, 건강하게 힘을 내어…… 진심 어린 마음으로 그대의 대향을 기다려주시오. 이웃에 정규 형 부부가 이사를 와서 매일처럼 거기서 제대로 된 식사를 하고 있으니 마음 놓으세요. 돈 문제는 바로 알아볼 테니…… 2, 3일 후에 곧 연락을 할 테니 걱정하지 말고 건강하게 지내고 편지 길게 길게 적어 보내주세요.

대향

위 – 어머님과 이모님께 인사 전해줘요. 마부치 씨와 구리야마 씨에게 전화해서 안부 전해줘요. 다음 편지에 마부 치 씨와 구리야마 씨의 주소를 자세히 적어 보내줘요.

옆 – 남 씨의 부인을 만났는데 연락해줘요. 답장으로 알려주세요.

오른쪽 – 김인호 씨 댁에서 내가 없는 동안 도착한 그대의 편지 3통을 전해 받았어요.

"태현아 태성아, 할머니 엄마 말 잘 듣고 건강하게 아빠를 기다려야 해요. 아빠는 곧 갈 거예요. 안녕. 현이, 성이"(읽어주세요)

아래 – 다음부터는 반드시 재미있는 그림을 그려서 보낼게요. 태현이, 태성이한테 보내줄게요.

내 사랑스러운 그대 볼에 있는
아름답고 커다란 점을 떠올려보오

내 귀여운 사람 남덕 씨.

잘 지내시나요. 아픈 이는 많이 좋아졌나요? 나는 새로 지은 판잣집에서 혼자 조용히 앉아 온갖 생각을 해본다오. 불 피울 돈이 생기면 바로 작업에 들어갈 생각이오. 내 사랑스러운 그대 볼에 있는 아름답고 커다란 점을 떠올려보오. 그 점에 길게 길게 입맞춤하고 싶소. 세상에서 가장 귀여운 내 사람이여! 건강하고 힘차게 지내세요.

중섭

—
판잣집 화실

종이에 수채 · 잉크, 1953년. 26.8×20.2cm

어머님, 언니, 마부치 씨께 안부 전해줘요. 사흘에 한 통 편지 보내는 거 잊지 말아줘요. 사랑스러운 당신이 보고 싶어요. 빨리 당신을 꼭 끌어안고 싶어요. 난 건강해요.

그대의 귀여운 발 사진 빨리 보내주세요.

슥삭 슥삭. 또 그려서 보낼 테니 기다려주세요

　나의 착한 태현이 태성이, 잘 지내나요.

　감기 들지 않게 늘 조심하며 아빠를 기다려주세요. 아빠는 늘 내 착한 아이들을 보고 싶어요. 아빠는 건강하게 그림을 열심히 그리고 있어요. 슥삭 슥삭. 또 그려서 보낼 테니 기다려주세요. 안녕.

아빠 ㅈㅜ ㅇ ㅓ ㅂ

아빠가 사 온 종이가 다 떨어져 한 장만 그려서 보내요. 엄마랑 태성이랑 태현이 셋이서 사이좋게 보세요.

행복이 무엇인지
대향은 비로소 깨달았다오

나의 훌륭한 현처, 나의 사랑스러운 남덕, 나만의 소중한 사람이여.

8월 24일자 편지(9월 6일) 잘 받았어요. 건강하다니 무엇보다 기쁘오. 8월 27일에 내가 부친 편지도 있고, 사촌 이광석 형이 2, 3일 후에 도쿄에 가게 되어 그대를 만나보라고 부탁해두었는데 편지가 없어 많이 걱정했어요. 최근에는 배달이 많이 늦어지는 듯하오.

지금까지 나는 정 씨 댁에서 식사를 했지만 조금 불편하기도 하고 부인께 미안하기도 해서 어제부터 석유로 간단히(15

분 정도) 밥을 지을 수 있는 곤로를 사서 스스로 밥을 지어 먹는다오. 15분 정도면 간단히 되지요. 처음에는 많이 눌어붙어서 맛도 없는 밥이 되었지만 이제 많이 익숙해졌어요. 혼자서 밥을 먹으며 제주도 생활을 떠올려보았지요. 사랑스러운 남덕 씨가 곁에 없어서 외롭긴 하지만…… 남에게 폐를 끼치지 않게 되어 마음도 편하고 또 바깥에 나가지 않아도 되고 하루 종일 그림을 그릴 수 있어서 힘이 막 솟구쳐요. 그렇지만 역시 그대들이 없는 혼자만의 생활은 하루 종일 내 마음을 무겁게 하오. 7월말에 도쿄에 갔을 때는 너무 준비가 되지 않아 한 푼도 없어서 여러 가지로 당신 입장을 괴롭게 한 데 대해 남편으로서 아빠로서 화공으로서 면목이 없었고…… 깊이 깊이 마음 아프게 생각하오.

그렇지만 남덕 씨를 만나 여러 가지 사정도 알게 되어 분명한 현실적인 각오를 굳힐 수 있게 되었다는 것, 힘을 내어 일을 해야겠다는 생각을 가지게 되었다는 것이 소중한 성과가 아닐까 하오. 앞으로는 더욱 열심히 노력할 테니 걱정 말아요. 대향의 진정성과 영원한 사랑을 믿고 기죽지 말고 기다려주세요. 당신은 매일처럼 두 아이를 데리고 틈틈이 그 앙증맞은 고귀한 손으로 바느질에 여념이 없을 테지요. 당신은 참

그리운 제주도 풍경
종이에 잉크, 1954년 추정, 35×24.5cm

濟州島風景

으로 훌륭한 사람이오. 하늘도 감동할 그대의 따스한 마음에 깊이 감사드리오. 대향은 지금 우리 네 가족의 미래를 위해서…… 많은 돈을 만들기 위해 정신없이 작업에 전념하고 있다오. 대향이 돈을 버는 데는 좀 무능하다고 꿈에도, 꿈에도 낙담하지 말고 용기백배하여 기다려줘요. 기다려줄 테지요?

　세상의 어떤 부부의 사랑도…… 서로 사랑하는 어떤 젊은 이들보다도…… 그대를 소중히 여기고 영원히 사랑하는 이 뜨거운 내 사랑, 우리의 사랑보다는 약할 것이오. 인류사의 모든 사랑을 합처도…… 대향남덕이 서로를 뜨겁게 갈구하는 진정한 사랑에는 비할 수 없을 테지요. 이건 분명한 사실이라오. 그대의 훌륭한 인품이, 그대의 한없이 따스한 인간성이 대향의 사랑을 샘물처럼 솟구치게 하고 화산처럼 불타오르게 하고 저 바다의 파도처럼 솟구쳐 휘몰아치게 하오. 화공 대향의 가슴에 하늘이 심어주었어요. 나만의 보물, 나만의 현처, 진정한 천사 나의 남덕 씨, 대향의 뜨겁고 진정한 사랑을 받아주세요. 그대는 왜 그리도 훌륭한가요. 그대의 발가락에 영원한 입맞춤을 보내오. 대향의 펄펄 살아 숨 쉬는 이 기쁨은 그대 아닌 이 세상 모든 여신의 모든 입술에…… 세상에 아름다운 모든 꽃잎에…… 입 맞추는 기쁨하고는 비교도 안 될 만큼 높고 크다오.

대향은 고귀한 그대에 의해 진정한 사랑을 드높이 더욱 깊이 더욱 더 생생하게 느끼는 것이라오. 소중한 그대를 향한 이 뜨거운 사랑으로 나는 지금 가슴이 터질 듯하오. 온통 그대 생각뿐이라오. 하루 종일 터질 듯한 감격에 가슴이 두근거리오. 그대를 향한 이런 사랑이 있기에 점점 더 나는 창작욕과 표현욕에 불타오르는 것이라오. 지금 내가 사는 주변의 풍경과 호박, 호박꽃, 꽃봉오리, 커다란 이파리를 그리는데······ 자기 전에는 반드시 그대들을 떠올리고······ 태현 남덕 태성 대향 네 가족의 생활······ 행복하게 하나로 녹아든 모습을 그린다오. 앞으로는 반드시 편지를 보낼 때마다 그림을 그려 같이 보낼 테요. 약속할게요. 이 편지와 함께 그림을 보낼 테니 셋이서 사이좋게 봐주구려.

행복이 무엇인지 대향은 비로소 깨달았다오. 그것은······ 천사처럼 훌륭한 남덕 씨를 진정한 아내로 삼아 사랑의 결정체 태현이 태성이 두 아이를 데리고······ 끝없는 감격 속에서 크게 숨을 쉬고, 그림으로 표현해내면서······ 화공 대향 현처 남덕이 하나로 녹아 진실하고 생생하게 살아가는 것이라오. 나만의 훌륭하고 사랑스럽고 소중한 아내, 나의 남덕 씨, 힘

소와 여인
종이에 먹지로 배껴 그리고 수채, 1941년 5월 29일, 14×9cm

을 냅시다. 남덕대향의 진정한 결합은…… 우주의 의지이며 온갖 생명을 기름지게 하는 올바른 삶의 지표가 될 것이오. 생명의 환희가 솟구치는 샘이며 별처럼 끝도 없이 신비하며 태양처럼 밝은 빛이라오. 더 더 서로 사랑하며 뜨겁고 격렬하게 하나로 녹아야 하오. 나의 멋진 천사 남덕 씨와 화공 대향의 만남은 그 자체로 신비이며 참으로 신기한 기적이라오. 우리는 두 손을 마주 잡고 맑은 눈으로 진정 감사해야 할 것이오.

나만의 남덕 씨…… 대향이 뜨겁게 안아주겠소. 두 눈을 꼭 감고 내 마음을 들여다보며 내 가슴에 귀를 대고 그 속에서 솟구치는 사랑의 노래를 들어주세요. 남덕은 대향의 것이라오. 그대를 어떻게 사랑해주어야 할지 난 늘 그 생각뿐이라오. 난 지금 소중하고 또 소중한 그대의 모든 것을 쓰다듬고 있다오. 그 도톰하고 아름다운 손으로 대향의 커다란 몸을 찬찬히…… 상냥하게 쓰다듬고 또 쓰다듬어주세요. 더 더 세차게 안아주세요.

지금은 초가을, 모든 식물이 열매를 맺는 소중한 시간이라오. 성스러운 우리 네 가족이 사이좋게 손을 마주잡고 단단히 땅을 딛고 서서 올바른 눈눈눈눈으로 모든 것을 똑바로 바라보아요. 한 걸음 한 걸음 굳건히 내디뎌요. 돈 때문에 너무 걱

—
호박
종이에 유채. 40×26.5cm

정하다가 소중한 맘을 흐리게 하지 않게끔 노력해요. 돈은 편리한 것이긴 하나…… 돈이 반드시 사람을 행복하게 해주지 않아요. 진정한 인간성의 일치야말로 세상에서 가장 소중한 것이라오. 우리 부부는 가난 따위가 절대로 흔들어놓을 수 없는 굳건한 인간성을 바탕으로 맺어졌다오. 서로 뜨겁게 사랑하고 사랑하고 사랑하고 사랑하면 행복은 우리 네 가족의 것이라오. 안심, 안심, 안심해요. 가난에도 흔들리지 않는 우리 네 가족의 멋들어진 미래를 확신하고…… 밝은 마음으로 살아가요. 진정으로 사랑하고 더욱 더 서로 사랑하여 하나로 녹아서 올바르게 힘차게 살아가요. 진심으로 나를 믿고 기뻐해줘요. 화공 대향이 굳건하게 현실적인 노력을 게을리하지 않을 터이니 힘을 내줘요. 남덕의 사랑스러운 모든 것을 힘차게 끌어안고 길게 길게 키스를 보내오. 3일에 한 번 편지를 받고 싶은데…… 꼭 보내줄 거지요?

어머님과 여러분께 안부 전해주세요. 구리야마 씨와 마부치 씨한테 전화해서 인사 전해주고 편지로(두 사람 다) 주소를 알려줘요. 센다이 입국관리소의 구마다니 씨에게서 답장이 왔는지 알려줘요. 답장이 없으면 다시 연락해줘요.

대향 중섭 구촌

—
물고기와 아이들
종이에 유채, 22.5×17cm

공부도 잘하고,
힘차게 친구들이랑 놀고 있지요?

우리 귀염둥이 태현아,

보고 싶구나. 엄마와 내 아들 태성이도 잘 지내지요?

공부도 잘하고, 힘차게 친구들이랑 놀고 있지요?

아빠는 태현이를 빨리 가서 빨리 보고 싶어 열심히 그림을
그려요. 아빠는 잘 지내요. 건강한 모습으로 기다려주세요.

아빠 ㅈㅜㅇㅅㅓㅂ

오른쪽 - 뽀뽀 물고기

왼쪽 - 아빠 힘 내세요 태성 태현 엄마

밑 - 게 힘내

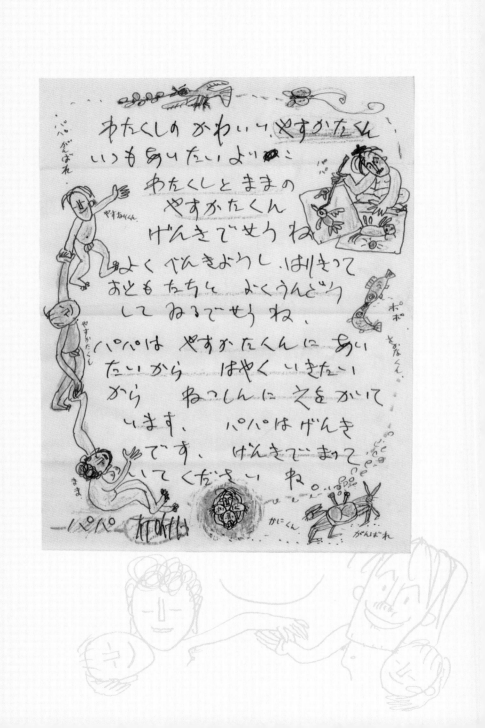

빨리 빨리 태성이와 엄마와
태현이 형과 할머니를 보고 싶어 죽겠어요

귀여운 태성이에게.

잘 지내나요.

아빠는 건강히 그림을 그려요. 빨리 빨리 태성이와 엄마와
태현이 형과 할머니를 보고 싶어 죽겠어요.

건강히 아빠를 기다려주세요.

아빠 ㅈㅜㅇㅅㅓㅂ

やすなりくん
げんき ですか。

パパ

태성아.
잘 지내나요?

아빠 ㅈㅜㅇㅓㅂ

예술과
가족과의 아름다운 생활을
위해서라면 뭐든 할 각오가
되어 있소

1953년 가을
~1954년 6월
통영 시절

1953년 가을 무렵, 이중섭은 고미술에 대한 그의 안목을 신뢰한 통영 나전칠기 기술원 양성소 책임자인 유강렬의 권유로 통영으로 갑니다. 통영에서 그린 첫 그림이 〈달과 까마귀〉입니다. 그림에 몰두하던 11월, 유강렬의 부인에게 맡겨둔 부산 시절 그림 150점가량이 부산 도심을 휩쓴 대화재로 모두 타버리는 안타까운 사고가 있었습니다. 가장 긴 시간을 보낸 부산에서 그린 그림이 너무나 적게 남은 까닭이 여기에 있습니다. 엄청난 충격을 받은 이중섭은 이내 마음을 가다듬고 그림 그리기에 집중합니다. 〈떠받으려는 소〉, 〈노을을 등지고 울부짖는 소〉, 〈흰 소〉 등 여러 소를 그린 대표 작품이 이때 완성되었습니다.

　　1954년 봄에는 통영 일대를 다니면서 풍경화 그리기에 몰두해 〈푸른 언덕〉, 〈충렬사 풍경〉, 〈남망산 오르는 길이 보이는 풍경〉, 〈복사꽃이 핀 마을〉 등을 그려냅니다. 지난 가을부터 봄까지 그린 그림들로 전시회를 열려고 하지만 여러 차례 미루어지는 정황은 편지 곳곳에 흔적을 남기고 있습니다. 5월 22일, 유강렬, 장윤성, 전혁림과 4인전을 열었습니다. 이 전시회가 끝나자마자 양성소에 분규가 생겨 곧 통영을 떠납니다. 화가 박생광의 초대로 진주로 가서 전시회를 열고, 대구를 거쳐 서울에 자리를 잡습니다.

서로에게 불행한 결과를 낳을 따름이오

사랑스럽고 소중한 나만의 남덕 씨.

새해 복 많이 받아요. 하루라도 빨리 건강을 되찾기를 바라오. 그 후로 몸은 좀 어떤가요. 12월 8일자 편지, 12월 11일에 받았고 당신의 괴로운 입장 잘 알 수 있었어요. 그렇지만……도무지 단 한 순간도 마음이 편할 날이 없어 지금까지 답장을 미루었어요. 올해도 또 혼자 외롭게 새해를 맞이하고 매일처럼 어둡고 허한 마음으로 지낸다오. 온갖 사정 때문에 더 미루어보아야 해결할 방법도 없고 계속 문제만 복잡해질 뿐이라오. 이러다가는 결국 모든 게 끝장나버리고 말겠지요. 내가

떠받으려는 소
종이에 유채. 1953년 무렵. 34.5×53.5cm

가더라도 조금도 피해를 끼치지 않을 테니 마음 놓고 몸을 보중하도록 해요.

　당신 뜻대로 계획을 미루어보고도 싶으나 더 미뤘다가는 내가 도저히 돌이킬 수 없는 상태가…… 서로에게 불행한 결과를 낳을 따름이오. 이번에 내 뜻대로 해주든지 아니면 그대가 아이들을 데리고 돌아오든지, 어느 쪽도 안 된다면…… 서로 헤어질 수밖에 없겠지요. 끝도 없이 일어나는 이런 저런 사정 때문에 미루기만 한다면 점점 꼼짝도 할 수 없는 불행한 결과가 일어날 따름이오. 내가 간다 하더라도 좁은 방 한 칸하고 두 달 정도 식비만 있으면 내 힘과 노력으로 하루에 한 끼 또는 두 끼만 먹으며 생활할 수 있소. 어떤 힘든 노동이라도 할 테니 걱정하지 말고 나의 제안을 받아들여줘요.

　세상일이란 아무리 애를 써도 생각대로 되지 않는 법이라오. 여건이 잘 갖추어질 때까지 기다린다고 하지만…… 결코 여건이 좋아지지는 않아요. 또 다른 문제들이 일어나는 법이라오. 마음이 정해지면 씩씩하게(주저주저 우물쭈물하지 말고) 행동으로 옮기는 것이 살아가는 올바른 태도예요. 살아가는 길이지요. 나에게 지금 가장 중요한 일은 그대들 곁으로 가 오로지 창작에만 전념하는 것이라오. 다른 건 하나도 생각하지 않아요. 그대들 곁이라면 하루 종일 노동을 하고 밤에 한두 시간 제작할 수 있다면 그걸로 난 만족하오.

내가 간다는 것에 대해 너무 어려운 온갖 사정들과 연결시켜 나약하게 생각하지 말아줘요. 아고리도 남자라오. 육체노동이라도 열심히 할 테요. 처음에는 페인트가게 시다바리라도 괜찮소. 예술과 가족과의 아름다운 생활을 위해서라면 뭐든 할 각오가 되어 있소. 처음 반년 정도는 하루에 한 번만이라도 괜찮으니 내 혼자서 바깥에 방을 한 칸 빌려 혼자 힘으로 벌어서 밥을 먹고 제작할 생각이오. 일주일에 한 번 정도 가족들을 만날 수만 있다면 족하오. 이번에 가더라도 가족들과 같이 생활할 생각은 없어요. 어떻게든 반년 또는 일 년 정도 혼자서 헝클어진 마음을 조용히 정리하지 않으면 안 되겠소. 내가 가더라도 그대가 정양하는 데 조금도 방해되지 않겠다는 나의 결의를 말해두고 싶소.

어머님께도 모든 것을 밝히고 이번에도 안 된다고 하면 다시는 가지 않겠소. 그대들이 수속을 밟아 이쪽으로 돌아오든지…… 그것이 싫다면…… 서로 헤어지는 수밖에 없다는 것을 각오해두어요. 이 정도 사정 때문에 우물쭈물 주저주저하며 극복하지 못하는 두 사람이 어찌 행복해질 수 있겠소. 이

청기와

종이에 유채, 21 × 26cm

정도 곤란도 이겨내지 못하는 남덕과 대향이라면…… 불행해
질 수밖에 없겠지요. 무슨 연유로 겁을 먹고 나약해지기만 하
는 거요. 왜 사랑하는 남편이 간다는데 그 정도 사정으로 마
음이 무거워져 병까지 깊어지다니…… 그게 마음에 걸린다
니…… 도대체 무얼 할 수 있단 말이오.

왜 다른 가족이 마음에 걸린다는 별것도 아닌 사정으로 소
중한 남덕과 대향과 태현이 태성이의 아름다운 생활을 포기
하려 하오. 그런 나약한 마음으로는 병도 낫지 않을 테고 우
리 모두 불행해질 따름이오. 죽음뿐이오. 사람이란 누구든 괴
로울 때는 남에게 신세를 지고 도움을 구하는 것이 자연스러
운 일이 아닌가요. 그게 사람이오. 최소한의 도움으로 빨리
안정을 찾아 은혜를 갚으려는 생각은 하지 않고…… 나약한
마음으로 오로지 오로지 오로지 미안하다고 면목이 없다고
이런 말 저런 말로 언제까지고 기죽어 살 생각이오.

선량한 우리 네 가족은 세상에 소용없는 하나 둘 정도 죽여
서라도 반드시 살아가야 하오. 무작정 미안하다, 면목 없다,
몸 둘 바를 모르겠다, 그런 말은 우리 가족이 하루에 한 끼
만 먹더라도 생활을 시작한 다음의 문제가 아닌가요. 하루라
도 빨리 우리가 생활할 수 있는 단칸방이라도 하나 빌려 하루

에 한 끼를 먹더라도 생활을 시작한 다음 열심히 일해서 조금씩 안정을 찾아 빨리 은혜를 갚아야 하지 않겠소. 우물쭈물하며 이런 식으로 시간만 질질 끌다가는 불행해지지 않을 도리가 없어요. 모든 기회를 잃고 후회하다가 끝나고 말 것이오. 그대들과 같이 생활만 할 수 있다면 제주도 돼지보다 못한 걸 먹더라도 힘을 낼 수 있으니 아무 걱정하지 말고 최소한의 생활을 시작할 수 있을 여건만 우선적으로 생각해보아요. 돼지보다 더 강한 생명력을 발휘해서 빨리 힘을 내지 않으면 태현이 태성이 대향이 너무 불쌍하잖소.

아고리의 생명이며 유일한 기쁨인 남덕 씨, 빨리, 빨리, 힘을 내어…… 우리 네 가족의 아름다운 생활을 위해 용감히 행동하고 최선을 다해주세요. 약간의 무리가 있어도 좋으니…… 우리의 새로운 생활을 위해서만 들소처럼 거침없이 행진 행진 또 행진해야 하오. 다른 것들은 아무 소용이 없어요. 발레리의 시에서처럼 지금을 강하게 살아가야 하오. 표현이 서툴러 읽기 힘들겠지만, 이 아고리가 피투성이가 되어 외치는 마음속 이 절규는 오로지 남덕 씨만이 듣고 진정으로 응답해줄 수 있을 것이오.

도쿄에 가면 오로지 작품만 만들 생각으로 열심히 그리고 있어요. 소품 78매, 8호, 6호 35매를 완성했어요. 새해부터는 반드시 하루에 소품 1매와 8호 1매를 그릴 계획이고, 지금 36 매째를 그리고 있다오. 빨리 도쿄로 가서 그대 곁에서 대작을 그리고 싶어요. 좀이 쑤셔 견딜 수가 없어요. 자신 있어요. 친구들도 최근에 내가 제작하는 모습을 보고 눈을 동그랗게 뜰 정도라오. 밤 10시 넘게까지 제작에 몰두하고 있소. 술도 마시지 않아요.

흰색 물감이 없어서 페인트(제주도 시절처럼)를 대용으로 슥슥 그리고 있어요. 제주도의 '돼지'처럼 아고리는 엄청 힘을 내고 있어요. 참기 힘든 괴로움 가운데서도 믿을 수 없을 만큼 강렬하게 욕구가 일어나 작품을 마구 그려내고 자신감이 넘쳐…… 넘쳐…… 터질 것만 같은 이 아고리, 성실하고 훌륭한 남덕 씨를, 나의 유일한 현처를 행복하게 해주는 것 정도는 누워서 떡먹기 같은 거라오. 새해는 우리 네 가족에게 멋진 해가 되리라 믿어주시오. 온갖 걱정(끝없이 솟구치는) 따위 모두 던져버리고…… 싱싱한 생명력이 솟아오를 수 있게 자신만만하게 행동합시다. 건강이 어떤지 바로 알려주세요. 태현이 태성이에 대해서도 적어 보내줘요.

—
물고기와 노는 세 어린이
종이에 유채 · 연필. 27×39.5cm

—
흰 소
합판에 유채. 30×41.7cm

만화 사진에서 오려 보내요.

태현이 태성이한테 보이고 나서 없애지 말아요. 어머님과 여러 분들께 새해 인사 전해주고요. 회신 기다릴게요.

1954년 1월 7일

중섭

조금도 걱정하지 말고
오로지 건강에만 신경 쓰길 바라오

나의 유일한 기쁨 남덕 씨,

3월 21일자 편지, 3월 25일에 받았어요. 고마워요.

4, 5일 전에 하루걸러 두 통의 편지를 보냈는데, 잘 받았나요. 두 번째 편지에 아고리의 사진을 부쳤는데, 받아보았나요. 조용히 쉬면서 건강에 주의한다고 하니 이 아고리 마음이 놓이네요. 제발 돈이나 다른 일에는 아무 신경 쓰지 말고 어쨌든 하루라도 빨리 건강을 회복해줘요.

지금쯤 이광석 형이 부산으로 돌아갔을 겁니다. 형님이 무사히 귀국했다는 것을 하늘에 감사드립시다. 4월 5일부터 3

인전이 시작되니 4월 6, 7일이나 되어야 부산에 갈 수 있을 것 같아요. 부산에서 이광석 형을 만나지 못한다면 경성으로 가서 이형과 마 씨 건을 확실히 해결하도록 법적인 소속을 밟고 돌아올 생각이니 조금도 걱정하지 말고 오로지 건강에만 신경 쓰길 바라오. 부산에 갈 때는 반드시 내 사랑 남덕에게 편지를 보낼게요. 이광석 형이 적절한 시기에 돌아오면 지금까지 골치를 썩였던 마 씨 건은 원만히 해결될 터이니 마 씨 건에 대해서는 신경 쓰지 말고 하루라도 빨리 건강을 되찾도록 해요.

아고리는 요즘 매일 야외로 나가 봄 경치를 화폭에 담고 있어요. 하루라도 빨리 그대들을 만나려는 오로지 한 마음으로 열심히 힘을 내어 그림을 그린다오. 발가락 소식은 왜 전해주지 않는가요? 태현이와 태성이에게 한 번씩 뽀뽀해주세요.

구촌

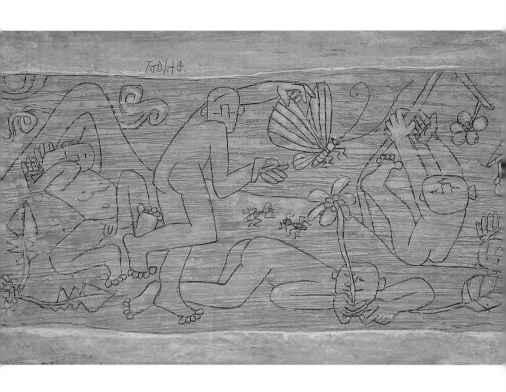

—
봄의 아이들
종이에 연필 · 유채, 32.6×49.6cm

태현이한테는 아빠가 너무 훌륭하다며
칭찬하더라고 용기를 주세요

나의 소중한 남덕 씨.

잘 지내시나요? 4월 29일, 5월 5일자 편지와 5월 6일자 태현이의 편지 모두 기쁘게 받아보았어요. 이번 답장은 많이 늦어졌어요. 3인전이 시작되고 나서 보내려고 기다리다가 늦어지고 말았으니 이해해줘요. 3인전은 5월 22일부터 열라고 해서 전시장에 그림을 걸어두고 기다리는 중이라오. 오늘이 5월 20일이니 이틀 후면 마침내 열리게 되오. 조금 늦어지긴 했지만 건강하게 기다려줘요. 나는 점점 더 제작욕이 왕성해져 매일 열심히 그린다오. 마음 놓아요.

태현이가 그렇게 훌륭히 편지를 쓸 줄은 꿈에도 몰랐기에 진심으로 감격했다오. 어머님과 당신에게 진심으로 감사드리오. 태현이한테는 아빠가 너무 훌륭하다며 칭찬하더라고 용기를 주세요. 3인전이 끝나면 5월 말경에 서울로 갈 생각이에요. 계속 편지 보낼 테니 마음의 안정을 취하고 건강에 유의하여 하루라도 빨리 활기를 되찾기를 바라오.

5월 20일 그대의 구촌

위- 태성이에게 읽어주세요. 태성아, 아빠는 태현이 형하고 태성이가 너무 좋아요. 할머니, 이모 엄마 말 잘 듣고 더더 착한 사람이 되어야 해요.

아래- 소중하고 사랑스럽고 훌륭한 남덕 씨, 멋진 그대의 모든 것을 세차게 끌어안고 길게 길게 키스를 보내오.

_
아빠와 아이들
종이에 유채 · 연필, 38.5×48cm

우리 착한 아이 태현이,
잘 지내나요?

　우리 착한 아이 태현이, 잘 지내나요? 편지 고마워요. 아빠는 태현이가 보내준 편지를 하루에도 몇 번이나 읽어봐요. 엄마가 보내준 사진도 바라보아요. 어쩜 그리도 편지를 잘 쓰나요. 아빠는 얼마나 기쁜지 몰라요. 더욱 더 열심히 공부해서 훌륭한 사람이 되어야 해요. 이노카시라 문화원으로 소풍 가서 재미있게 보냈나요? 할머니도 같이 같다면서요. 아빠가 가면…… 재미있었던 일, 학교에서 있었던 일, 이야기해주세요.

　아빠는 매일 건강하게 열심히 그림을 그려요. 태현이 엄마

—
물고기와 게와 어린이
종이에 유채 · 잉크. 26.5×20.3cm

—
개구리와 어린이
종이에 수채 · 유채 · 잉크. 26.5×20.3cm

—
꽃과 어린이
종이에 유채 · 잉크. 26.7×20.3cm

태성이랑 만나고 싶어서 하루라도 빨리 일을 끝내고 바로 달려갈 생각이에요. 선물이랑 아빠가 그린 그림 많이 가지고 갈게요. 치즈코 씨, 태성이, 학교 친구들, 모두 사이좋게 건강하게 기다려주세요. 엄마가 아프니까 태성이랑 시끄럽게 떠들거나 싸우거나 해서는 안 돼요. 학교가 끝나면 쓸데없이 시간 보내지 말고 바로 돌아와야 해요. 그럼 나의 착한 아이야, 건강하게 기다려주렴.

위 – 태성이를 귀여워해주도록 하세요. 아빠가 지금 많이 바빠서 모레쯤에 예쁜 그림 그려서 보내줄게요. 기다려주세요.
아래 – 태현아, '할머니, 이모, 엄마, 태성이'에게 안부 전해주세요.

다섯 어린이
종이에 유채 · 잉크, 26.4×19cm

—
충렬사 풍경
종이에 유채, 1954년, 41×29cm

—
풍경
종이에 유채 · 연필. 44×30cm

고생하는 너와 위두에게 힘이 못 되는 삼촌,
섭섭한 맘 깊이 스며든다

내 조카 영진 군 앞.

오래간만에 편지 반갑게 받았다. 전번에 계산서 온 한묵 형한테서 또 김영주 형한테서도 네가 학교에 다닌다는 말은 들었으나 주소도 모르고…… 수일 후에는 상경(서울)해야겠으므로…… 편지 못 내고 늘 궁금했었다. 남창에 있는 형님, 누님, 애기 잘 있겠지. 네 사진 보낸 것은 잘 봤다. 어디 가나 늘 가지고 다니련다. 편지 보니…… 여러 가지로 힘이 들고 괴로운 모양 잘 알겠다. 고생하는 너와 위두에게 힘이 못 되는 삼촌, 섭섭한 맘 깊이 스며든다. 너희들께 미안한 맘 끝이 없다.

씩씩한 英進君, 前. 오래간만에 편지 반갑게 받았다. 요전번에 家山서 온 韓○○군 한테서 도 金永周군 한테서도 네가 學校에 단인 다는말을 들엇으나 住所를 몰라 … 수일후에 는 上京(서울) 하겟슴으로 … 편지 못써 늘 궁금 했엇다. 南군 았을 하엿나, 누님, 애기 잘있겟지. 네사진 요번것을 잘 밧다. 어디가나 늘같이 단일련다. 편지보니 … 여러가지 로 힘이들고 괴로운 모양 잘알겟다. 고생하는 너와 위두에게 힘이 못되는 一寸 ○○한 맘 값이 술여 든다.

너이들께 미안한 맘 끝이 없다. 希望 達成 南○군 친구 가 一家가 잘 맘것 繼續 해가라는 個度을 연면 … 너는도 울 큰도 생기고 … 지위는도 될것이다. 고생스러하기 한량 없 겟지만. 누구나 래방하는 때니 … 참고 많은 공부 해 주 라 한다. 내가 5月末 이나 6月初에 上京 하련으 … 그때 맞나 자세한 이야기를 하기로 하자. 지금 큰되음 은 못하나 … 8동 가량의 大作의 준비그림을 넝이것 그리 고 있으나 … 조끔더 잘 되면, 네 공부에 힘이 되수 있다 말이다.

여러친구들 맞나면 문안라 6月初에 上京 한다는 말 전해다오. 총총 給料을 못 보내주라.

태현, 태성, 남덕 군한테 가 1년가량 맘껏 제작해가지고 개인
전을 열면…… 너를 도울 돈도 생기고…… 지반도 될 것이다.
고생스럽기 한량없겠지만, 누구나 고생하는 때니…… 참고
많은 공부 해주길 바란다. 내가 5월 말이나 6월 초에 상경하
겠으니…… 그때 만나 자세한 이야기를 하기로 하자. 지금 큰
작품은 못 하나…… 8호가량의 대작의 준비그림을 성의껏 그
리고 있으니…… 조금 더 참으면, 네 공부에 힘이 될 수 있다
고 믿는다.

　여러 친구들 만나면 문안과 6월 초에 상경한다는 말 전해다
오. 재판소에 가서 이광석 판사를 만나봐라. 지금 서울 계신다.
　내내 몸 튼튼하야 공부 많이 하여다오.

삼촌 중섭

—
노을을 등지고 울부짖는 소
종이에 유채, 1953년, 32.3×49.5cm

—
닭과 가족
종이에 유채, 36.5×26.5cm

바닷가의 아이들
종이에 유채, 36×27cm

"아빠가 너무 좋아"라고
엄마한테 말했다면서요?

   내가 제일 좋아하는 태성이, 잘 지내나요.

   아빠가 보낸 그림을 보고 "아빠가 너무 좋아"라고 엄마한테 말했다면서요? 아빠는 그 말을 듣고 얼마나 기뻤는지 몰라요. 더 더 재미있는 그림 그려서 보낼게요.

   태현이 형이 공부할 때는 방해가 안 되도록 바깥에서 노세요.

   안녕.

아빠 ㅈㅜㅇㅅㅓㅂ

わたくしの だいすきな
やすなりくん。そのごも
げんきでせうね。パパが
おくった えをみて‥‥

"パパって やさしくて だい
すきだぁ" と ママには
なしたそうですね。パパ
はうれしくて たまりません。
もっと 〜 おもしろいえ
を かいて おくって あげ
ませう。

さよなら

やすがた おにいさんが
べんきょう するときは‥
じゃまをしないで をとで
あそびをさい ね。

パパ (スTOG付出)

32

"아빠한테 편지를 보내야지"
하고 말했다면서요?

내가 제일 좋아하고 그리운 태현이에게.

잘 지내나요. 아빠는 건강하게 그림을 그리고 있어요. 아빠가 보낸 그림을 보고 "아빠한테 편지를 보내야지" 하고 말했다면서요? 아빠가 보낸 그림을 보고 그렇게 좋아했다니…… 아빠는 너무 좋아서 견딜 수가 없어요. 다음에 편지 보낼 때는 학교에서 있었던 재미난 일 많이 적어 주세요.

아빠도 계속 그림이랑 편지 보낼게요. 가장 친하게 지내는 친구 이름도 적어 보내주세요. 아빠는 너희들을 만나고 싶어 견딜 수가 없어요.

아빠가 씩씩한 태현이와 태성이를 그렸어요.

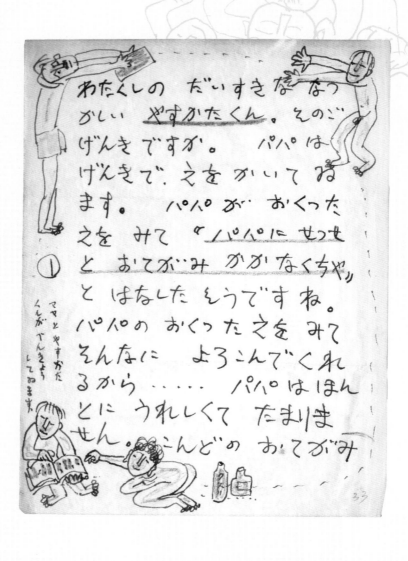

わたくしの だいすきな なつ
かしい やすかたくん。そのご
げんきですか。 パパは
げんきで、えを かいて い
ます。 パパが おくった
えを みて "パパに せっせ
① と おてがみ かかなくちゃ"
と はなした そうですね。
パパの おくった えを みて
そんなに よろこんでくれ
るから ..... パパはほん
とに うれしくて たまりま
せん。 こんどの おてがみ

ママと やすかた
くんが げんきよう
してるます

편하고 즐겁게 공부하세요. 안녕.

아빠 ㅈㅜㅇㅅㅓㅂ

왼쪽 - 엄마랑 태현이가 공부를 하고 있네요.

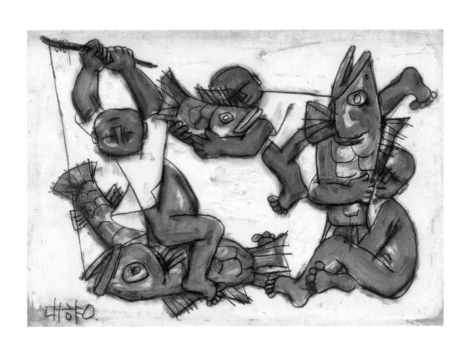

물고기와 노는 세 어린이
종이에 유채 · 연필, 25×37cm

내 사랑
한가위 둥근달
혼자서 바라보다가
두 아이와 그대 모습
가슴 가득 채웠다오

1954년 6월
~1955년 2월
서울 시절

1954년 6월 하순, 이중섭은 경복궁미술관에서 열린 대한미협전에 〈소〉, 〈닭〉, 〈달과 까마귀〉를 출품합니다. 〈달과 까마귀〉는 당시 국방부 정훈국장이던 시인 김종문이 구매하고, 이 그림을 놓친 미국 공보원장 슈마커는 다른 그림들을 사 미국 샌프란시스코 아시아재단본부 상설화랑에 전시할 정도로 호평을 받습니다. 중섭은 그림을 팔아 돈이 생기면 매번 그간 도움을 준 친구들에게 신세를 갚는다며 술을 사는 식으로 모두 써버렸습니다. 그러면서도 한편으로는 부인이 진 빚을 갚고 일본에 가기 위해 열심히 그림을 그렸습니다.

7월 중순, 원산 사람 정치열이 집을 빌려주어 여기서 개인전을 열 계획으로 제작에 몰두합니다. 이 집에서 이중섭의 그림 중 가장 큰 그림의 하나이며 널리 알려진 〈도원〉과 〈길 떠나는 가족〉 등을 그립니다. 그러나 연말에 집이 팔리자 이종사촌 이광석 집으로 옮겨 전시회 마무리에 몰두합니다. 가을 무렵부터 전시회를 열려고 노력했지만 허가가 나지 않아서 미루어지는 정황이 통영에서와 마찬가지로 편지에 나타납니다.

이 무렵 상당한 기간 동안 편지가 없는데, 이중섭에게 빌붙으려는 한 무리의 사람들을 모욕준 일로 미움을 사 정신병원에 보내졌기 때문이었습니다.

자신이 모든 경비를 부담할 테니 뉴욕에 작품을 가지고 가 개인전을 열지 않겠느냐는 겁니다

소중한 내 사랑 남덕 씨.

그 후로 잘 지내는가요? 덕분에 나는 2주일 전에 서울에 도착했어요. 6월 25일부터 대한미술협회와 국방부가 주최하는 미술전에 석 점(10호 크기)을 출품했어요. 다들 100호, 50호 크기의 작품인데…… 아고리의 작품 석 점이 가장 평판이 좋았어요. 첫날 아고리 작품을 사겠다는 사람이 나타나서 한 점은 계약되었어요. 미국 분인데(미국 예일대학교수) 아고리의 작품을 칭찬하면서…… 자신이 모든 경비를 부담할 테니 뉴욕에 작품을 가지고 가 개인전을 열지 않겠느냐는 겁니다. 2,

3일 뒤에 찾아가서 약속을 잡을 생각이라오.

이번 작품에 대해 좋은 평가가 나왔으니 서울 작품전은 반드시 성공할 것이라고 친구들이 자기 일처럼 기뻐하며…… 하루라도 빨리 소품전 준비에 들어가라고 권해주었어요. 1주일 후에는 친구가 방을 하나 빌려주기로 했어요. 쌀값도 대주겠다고 해요. 내 사랑 남덕, 태현, 태성을 위해 제작(표현)에 온 힘을 쏟아…… 반드시 성공할 테니 오로지 건강에만 유의하여 하루라도 빨리 자리에서 일어나기를 바라요. 아고리가 좋은 평가를 받았다고 어머님께도 전해주고요.

또 한 가지 좋은 소식 전할게요. 도쿄의 한국거류민단장 정찬진 선생의 동생 정원진 선생을 만나 사정을 설명했더니 기꺼이 힘이 되어주겠다고 약속했어요. 초청장을 정 선생에게 건네주었어요. 도쿄에 있는 한국대사(외무부대표)와도 친한 사이라고 하니 정식으로 패스포트를 만들어 가지고 오겠다는 겁니다. 이번 기회를 놓치면 언제나 만날 수 있을지…… 너무 길어지면 불행해질 따름이에요. 작년처럼은 절대로 안 될 겁니다. 일본무역을 그만두었으니 방법이 없어요. 정원진 선생이 도쿄에 도착하면 그에게 전화를 걸겠다고 약속했으니…… 전화가 오면 바로 어머님께 연락해서(당신은 외출을 못 하니

—
봉황
종이에 유채, 1953년 무렵, 51,5×35,5cm

까요) 정 선생을 만나 새로운 서류 작성의 양식에 따라 시키는 대로 협력해줘요. 이 편지를 받으면 바로 아래 번호로 전화를 걸어 정찬진 선생의 동생 정원진 선생이 도쿄에 도착했는지 물어봐줘요. 바로 답장을 보내주고요.

정원진 선생의 형님 정찬진 선생도 내가 아는 분이지요. 정찬진 선생에게도 사정을 설명해주세요. 통영에서 미술전을 연 이중섭 화백이라고 하면 알 것입니다. 정원진 선생에게 아고리가 초청장을 건네준 연유와 사정을 설명하고 협조를 부탁드리세요. 방 한 칸이 마련되면…… 바로 정찬진 선생에게도 동생 분에게도 편지를 보낼 생각이에요. 매일 두 번 정도 전화를 걸어 정원진 선생이 도쿄에 돌아왔는지 확인해보세요. 그 사람도 바쁜 일이 있을 터이니 당신한테 전화를 걸 여유가 없을지도 모르니까요. 그럼 건강히 잘 지내기를 바라요.

도쿄 분교구 혼고 2-4번지 정찬진 씨 정원진 씨
고이시가와(92) 1535, 1256, 1396
도쿄 신주쿠 구 와카마츠초 21번지
정원진 씨 사는 주소

—
달과 까마귀
종이에 유채, 1954년, 29×41.5cm

전화가 세 대인데 다 통화가 된다고 해요.

그럼 건강히 잘 지내요. 구상 형도 서울에 왔어요. 통영에서 출발하기 전 미술전시회장에서 찍은 사진, 받았나요. 바로 좋은 소식 전해주세요.

남덕, 태현, 태성, 발가락에게 키스를.

구촌

—
도원
종이에 유채, 1954년, 65×76cm

한국, 동아, 조선, 세 신문에 아고리의 작품이
가장 훌륭하다는 평가가 실렸지요

내 소중한 최고의 사랑 남덕 씨.

그 후 건강은 좀 어떤가요. 어제(7월 4일) 보낸 편지 받았나요. 대한미술협회전 출품작 3점이 너무 훌륭하다는 평판이라오. 한국, 동아, 조선, 세 신문에 아고리의 작품이 가장 훌륭하다는 평가가 실렸지요.

오늘 2시경에 소품전 작품을 그리기 위해 친구 집 2층으로 이사를 했어요. 서울에는 방이 없어 지금까지 많이 고생했지만…… 다행히도 친구가 드넓은 자기 집 2층을 무상으로 빌려주어 오늘 이사를 하는 거라오. 이번에 이사를 하면 제대로

편지를 보낼게요. 모든 걱정 접고 힘을 내어 건강을 돌보도록
해요.

  지금쯤 지난번에 보낸 편지에 적은 대로 정원진 선생이 도
쿄에 도착하지 않았을까요. 정원진 선생에게서 전화가 오면
바로 어머님께 부탁해 서류작성을 서둘러줘요. 이번에 정선
생의 도움이 제대로 되면 소품전이 끝나면 바로 출발할게요.
그럼 내일 또 신문과 사진과 상세한 사정을 적어 보내리다.

중섭

위 – '방'을 구하려고 매일처럼 복잡할 시내 골목길을 다니느라
머리가 멍해지고 말았소.
몸 상태가 어떤지 알려줘요. 우리 태현이 태성이는 잘 지내나요.
어머님을 비롯해서 여러분께 인사 전해주세요. 발가락, 태현이
태성이 남덕 씨. 길게 길게 입맞춤을 보내오.

—
가족
종이에 유채, 1953~54년, 41.6×28.9cm

그림 그리기에 더없이 좋은 집
2층으로 이사를 하게 되었어요

세상에서 가장 소중한 내 사랑 남덕 씨, 잘 지내나요.

7월 4일, 11일 두 번 편지를 보냈는데 받았나요. …… 오늘은 7월 13일입니다. 영진 씨와 친구가 빌려준 밝고 조용해서 그림 그리기에 더없이 좋은 집 2층으로 이사를 하게 되었어요. 기뻐해줘요. 내일부터 서울에서 처음으로 개인 소품전을 열기 위해 제작에 들어갑니다. 그리운 내 사랑 남덕 씨, 마음으로 뜨겁게 응원해줘요. "아고리, 힘내!"라고. 내일 이사한 새 작업실에서 또 편지를 쓸게요. 아무 걱정하지 말고 건강에 조심하고 하루 빨리 힘을 내요. 원산에 있던 미야사진관의 박

준섭 형에게 부탁해서 사진을 찍어 보낼게요. 세상에서 가장 사랑스럽고 멋진 내 사랑 남덕 씨, 힘을 냅시다. 앞으로 조금입니다. 태현이, 태성이한테는 이번에 반드시 재미있는 그림 그려서 보내줄 거라고 전해줘요.

정원진 선생에 대해 자세히 적어 보내줘요.
몸 상태에 대해서도 자세히 적어 보내주고요.
발가락, 태현, 태성, 뽀뽀를 보낸다고 전해줘요.

서울 특별시 종로구 누상동 166-10 이중섭 선생
위 주소로 편지 보내주세요.

7월 13일 중섭

두 어린이와 물고기

종이에 유채, 41.8×30.5cm

무엇보다 무사히 가신 것
기쁜 일입니다

치열 형

편지 반갑게 받았습니다. 무엇보다 무사히 가신 것 기쁜 일입니다. 어머님, 아주머님, 애기들, 치호 형, 다들 몸 깨끗하실 줄 믿습니다. 형은 행복하십니다. 좋은 어머님을 모시고 아주머님과 함께 애기들을 데리고…… 맘껏 삶을 즐겨주십시오. 북에 계신 제 어머님은 목이 쉬어서 힘든 목청으로 제 조카들 이름을 부르고 계신지, 맘이 무죽해집니다요.

치열 형, 제가 할 수 있는 것은, 멀리 계신 어머님 앞에 드릴 수 있는 정성은…… 그림 그리는 것뿐입니다. 절반은 살

지요. 눈마지며 형과 나를 생각 할까요. 오착한 봄로
은 늙으신 母親 께서도 ---- 수언건어 잠못어 ----
④ 편지 맏는 (함)⊡ 라고 새무엄 뜨니 --- 편지잘
옵니다. 늘 편지주시옵시오, 3, 4問
刻 부터 뒷山에 올라 숨을톤찾아 혼자 목욕을 합니다.
어서 선드히 지기건에 오시어서 같이목욕 안 하실녀니까.

⑦/30 형하로 아주머먼 하로 --- 저은사진이나 --- 한장 보내죽
시구라. 뫼르살리않은지 모루나 --- 히히 --- 죽인 부처
를 벽에다 모시고 --- 아츰마다 감사합니다.
⑤ 쥬인님 ---- 인사를 드려야지오. 저도 사진을 무리
겟읍니다. 잡잡작히나 --- 웃고 보시라고요,
어머압. 아국머압. 치호함. 문안의 인사 전해주시옵시오.
弟 仲燮 올림.

李大流領이 來日가신데대 데 代客을...
사가지로 가엾 옵니다.

아온 우리가…… 나머지 절반은 사람답게 살고 싶습니다. 친형님같이 지도하시고 돌보아주시는 형에게…… 항상 감사합니다. 수일 전부터 조금씩 그리고 있습니다. 그새 서울 와서 줄곧 놀았더니 아직 맘이 완전히 가라앉지가 않습니다. 3, 4일 전에 도쿄에서 남덕의 편지가 왔습니다. 잘 있다 하니 치열 형께서도 기뻐해주십시오. 아주머님하고 치열 형하고 얼마나 행복하십니까. 원산에 최상복 형도 생각납니다. 죽지 않고 살아 있어주면 머리가 희어서라도 만나 같이 살 수 있겠지요. 이창옥 형은 아직 깽깽이를 켜는지요. 술 마시면 형과 나를 생각할까요. 그 착한 창옥의 늙으신 모친께서도……

수일 전에 집 문에 편지 받는 함을 만들었습니다. 형이 와 보시면 웃으실 것입니다. "166의 10. 이중섭께 오는 편지는 이 함에 넣어주시오"라고 써 붙였더니 편지 잘 옵니다. 늘 편지 주십시오.

3, 4일 전부터 뒷산에 올라 숲 속을 찾아 혼자 목욕을 합니다. 선선해지기 전에 어서 오셔서 같이 목욕 안 하시렵니까. 형하고 아주머님하고…… 찍은 사진이나 한 장 보내주시구려. 보고 싶지 않을지 모르나…… 히히…… 주인 부처를 벽에

다 모시고…… 아침마다 감사합니다. 주인님…… 인사를 드려야지요. 저도 사진을 부치겠습니다. 집 잘 지키나…… 웃고 보시라고요. 내내 몸 튼튼하시어서 편지 주십시오. 어머님, 아주머님, 치호 형, 문안의 인사 전해주십시오.

오늘 사무실에 나가보겠습니다. 안심하십시오. 이 대통령이 미국 가실 때 제 작품을 사가지고 가셨습니다.

—
소, 비둘기, 게

종이에 유채 · 연필, 1954년, 32.5×49.8cm

그 무엇보다
사랑하는 사람은 같이 살아야 하오

내 마음을 가없는 행복으로 가득 채워주는 나의 유일한 사람 천사 남덕 씨, 세상에서 가장 소중한 남덕 씨.

작년 8월에 그대와 태현이 아고리 셋이서 히로시마에서 도쿄로 가 꿈처럼 보냈던 5일간의 생활을 떠올려보오. …… 무작정 그대와 같이 있고 싶소. 서둘러 서류를 만들어 보내도록 정원진 선생, 소령 님께 협조를 부탁해서…… 이번에야말로 틀림없이 확실한 성과를 내도록 해주세요. 어머님께도 잘 말씀드리고 히로가와 씨, 도쿄도지사, 이마이즈미 선생, 모던 아트협회 여러분께 협력을 구해서…… 반드시 결과를 내도록 해주세요. 오늘까지 1년이나 흘렀어요. 1년 또 1년, 이렇게 오래 오래 떨어져 살아야 한다니 견딜 수 없소. 그 무엇보다 사랑하는 사람은 같이 살아야 하오. 그대들을 만나고 싶어 얼마나 가슴을 졸이고 있을지 생각해보세요. 힘을 내주세요. 반드시 확실한 성과를 내주세요. 그리고 보내주세요.

태현이 태성이, 셋이서 봐주세요. 아빠가 그린 만화예요.

중섭

왜 나는 이렇게나
무능할까요

　단 한순간일지라도 당신 곁을 떠나서는 견딜 수가 없어요. 나의 소중하고 고귀하며 가장 사랑스러운 남덕 씨, 그 후 무더위와 싸우며 건강히 잘 지내나요. 태현이와 태성이도 더위에 지지 않고 건강하게 잘 지내겠지요.

　나의 감격 그 자체인 그대들 동작 하나 하나를 하나도 놓치지 않고 바라보고 싶소. 매 순간 그 감격을 표현하고 싶소. 빨리 빨리 보고 싶어 견딜 수 없소. 아빠도 팬티까지 벗어던지고 힘차게 그림을 그리고 있어요. 아침 저녁 빠뜨리지 않고 바위 산에 올라 풀숲 사이로 흐르는 맑은 물에 몸을 씻어 정신을 밝고 강하게 다듬지요.

어제 밤(13일)은 달이 뜨는 9시경에 바위산 꼭대기에 홀로 올라…… 밝은 달을 바라보며…… 그대들을 향한 끝없는 사랑을 확인하고 멋진 그림을 그리리라 다짐했지요. 그대들 생각으로 어제 밤은 늦게까지 잠들지 못했다오. 당신과 아이들을 보고 싶어 견딜 수 없어요. 그대들과 멀리 떨어져 보고 싶다 보고 싶다는 말만 늘어놓을 뿐 아무런 성과도 없이 소중한 세월만 흘려보내는 건 아닌가 하고. 왜 나는 이렇게나 무능할까요. 나의 생명이며 힘의 원천이며 기쁨의 샘 훌륭한 남덕 씨, 더욱 더 힘을 내어 살아서 눈부신 결과를 위해 노력합시다. 우리 둘의 정성이 하늘에 닿아 결실을 맺을 때까지 굴하지 말고 노력합시다.

어머님, 소령 님, 히로가와 씨, 도쿄도지사, 이마이즈미 씨, 모던아트협회, 정원진 씨, 정찬진 씨, 마부치 씨, 구리야마 씨, 모든 분들께 협조를 부탁하고 성과를 내도록 해주세요. 하루라도 빨리 소중한 당신과 아이들 곁에서 1년이라도 그림을 그릴 수 있다면, 세상에 널리 알릴 자신이 있다오. 그림의 대가를 받을 자신이 있다오. 나의 유일한 사람 소중한 그대만은 나의 자신감과 강력한 창작욕을 진심으로 믿고 성공을 확

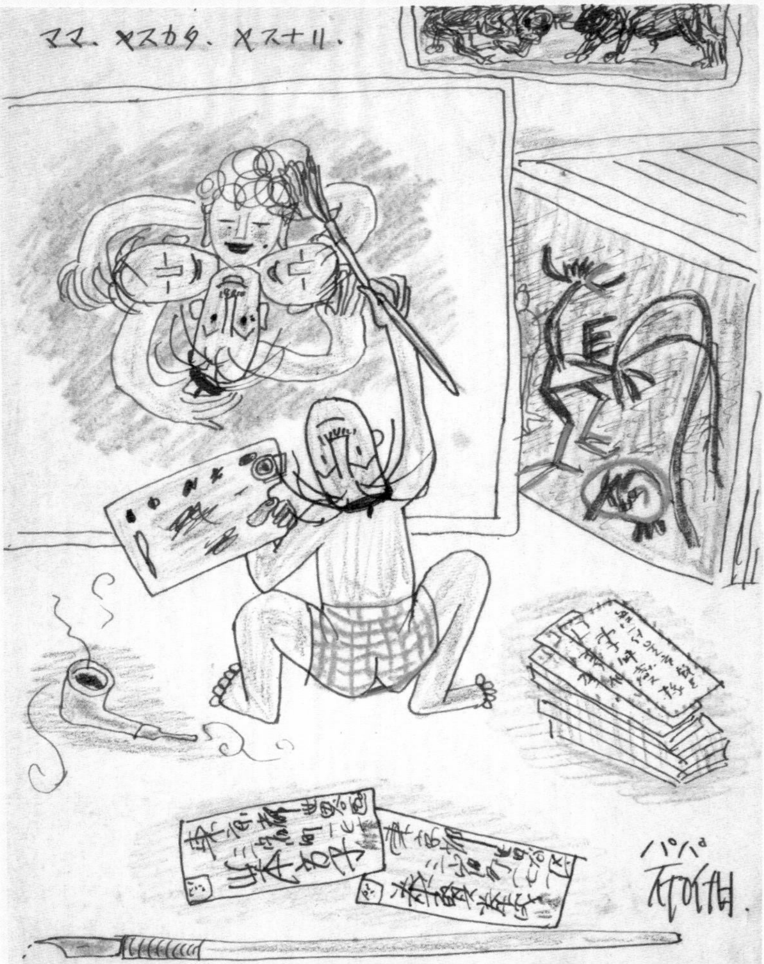
ママ、ヤスカタ、ヤスナリ.
パパ

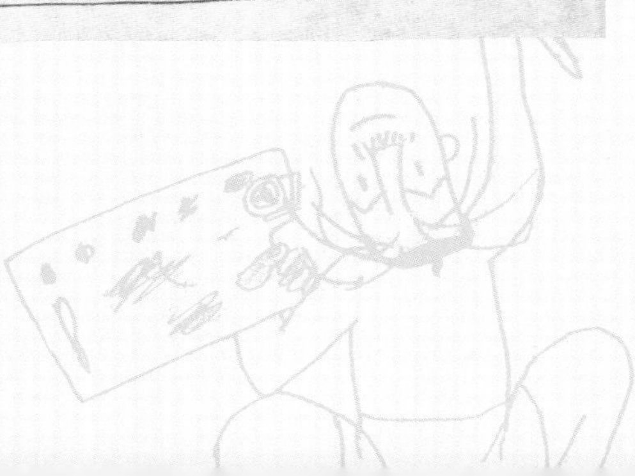

신해줄 테지요. 그대만은 아고리의 미래를 기대하고 모든 정성을 다해줄 것이지요.

　사랑하는 그대여, 세상에서 가장 사랑스러운 그대여……
'좋은 일은 서둘러라'라는 말을 잊지 말고 우리 네 가족만이 사랑하며 살아갈 수 있는 아름답게 귀중한 우리 네 가족의 소중한 시간을 소중하게 소중하게 지켜냅시다. 자, 세차게 세차게 그대를 안아보오. 따스하고 따스한 키스를 받아주세요. 자, 더욱 더욱 세차게 세차게 끌어안고 우리들의 소중하고 아름답고 건강한 시간을 지켜냅시다. 위대한 표현을 만들어냅시다. 반드시 1주일에 한 통 편지 보내주세요.

중섭

내가 제일 좋아하는
태성이에게.

　내가 제일 좋아하는 태성이에게.

　정말 덥지요? 엄마가 아프니 태현이 형이랑 싸우지 말고 잘 지내도록 하세요. 엄마 하는 말 잘 듣고 건강하게 놀며 아빠를 기다려주세요. 아빠가 가서 장난감 많이 사줄게요. 안녕

아빠 중섭

반드시 그대를 세상에서 가장 행복한
천사로 떠받들어 주겠소

　세상에서 가장 상냥하고 소중한 내 사람. 마음 저 깊은 곳에
서 기쁨을 일으키는 그대…… 끝없이 사랑스러운 남덕, 따스
한 사랑이 담긴 9월 9일 편지, 고마워요.

　내 편지와 그림을 그대들이 기뻐해주어서…… 그것이 나한
테는 더없는 기쁨이라오. 책방의 돈 문제는 아고리가 출발할
때는 완전히 해결될 겁니다. 걱정 말아요. 태현이의 공부에
대해서는 그리 크게 신경 쓰지 말아요. 아빠가 가면 반드시
즐겁게 공부할 수 있도록 잘 타이르도록 할 테니…… 다른 집
아이들은 아빠가 가르쳐주니까 그렇다고 초조해하다가……

—
부부
종이에 수채 · 크레파스. 19.3×26.5cm

—
물고기와 게와 어린이
종이에 수채 · 크레파스. 19.4×26.4cm

혹시 무리라도 해서 당신 몸이라도 상하면……

　즐겁고 밝게 여유롭게 조금씩 가르치면 되는 것입니다. 아빠가 가면 애들도 자연히 생활에 새로운 활력을 얻어 친구들이랑 노는 것보다 아빠하고 엄마하고 있는 게 즐거울 것이므로…… 그때 조금씩 찬찬히 공부할 수 있게 잘 지도하면 될 테니…… 아빠는 그렇게 믿고…… 편한 마음으로 조금씩이라도 좋으니 싫증내지 않게 잘 가르치세요. 학교 공부는 세상을 살아가는 데 조금은 필요한 것이지만 전부는 아닐 것입니다. 당신과 나의 소중하고 믿음직스러운 두 아이가 반드시 올바른 마음으로 인생을 살아갈 존재임을 굳게 믿어요. 진정 사랑스러운 나의 부인 남덕, 더욱 더 편안하고 밝은 마음으로 모든 일을 대하세요. 반드시 그대를 세상에서 가장 행복한 천사로 떠받들어 주겠소.

　안정을 되찾아 빨리 건강해지기를 바라오. 아빠는 그대와 두 아이를 가슴 가득 담고 더욱 더 힘을 내어 열심히 창작하겠습니다. 조금만 참으면 돼요. 자, 더 힘을 냅시다.

아빠 ㅈㅜㅇㅅㅓㅂ

왼쪽 – 뜨겁고 긴 포옹 또 포옹, 길고 긴 키스 키스를 받아주세요.

발가락에게도 키스를.

오른쪽 – (사진) 서둘러 보내주세요.

내 사랑
한가위 둥근달
혼자서 바라보다가
두 아이와 그대 모습
가슴 가득 채웠다오

나는 한국이 낳은
정직한 화공이라오

상냥하고 훌륭한 내 사랑이여.

9월 16일자(1호를 받은 후 답장)와 9월 21일자 편지 고마워요. 이런 저런 온갖 방법을 다 동원한 그대의 진심 어린 배려에 깊이 감사드리오. 서울은 정말 시원해서 아침저녁으로는 약간 추위를 느낄 정도라오. 흰색 물감이 없어 어쩔 줄 몰라하는 참에 미제 흰색물감을 구해서 지금은 열심히 제작하고 있어요. 친구들도 열심히 응원해주어 더욱 더 작품 제작에 매진하고 있다오. 마음 놓아요.

9월 21일자 편지에…… 그렇게 기다리던 정원진 씨가 도쿄에 도착해서 내 일을 발 벗고 도와주겠다고 했다니 마치 꿈을 꾸는 듯한 기분이라오. 지난번과 같은 초청 형식이 아니라…… 편리한 방법이 있다고 하오. 일본 외무성에 이야기를 하면 거기서 입국허가서와 초청장을 보내 줄 수 있다고 하는데 모던아트협회 쪽에서 직접 한국 외무부에 초청장을 보내는 것보다…… 일본 외무성 쪽에서…… 일본 모던아트협회에서 미술시찰 및 연구를 위해 회원으로서 한국의 화가 이중섭을 1년간 초청한다는…… 일본외무성을 통하여 허가증과 협회의 초청장을 함께 보낼 수 있다고 하는데…… 일본 정부가 입국허가와 함께 초청하는 것이니까 시간도 오래 걸리지 않고 편리하지 않을까 하는데…… 한국외무부가 OK 하기만 하면 모든 것이 OK라고 해요. 금방 되는 거지요. 지난번 같은 초청방식으로는 언제나 허가가 떨어질지…… 거의 불가능하다오. 그러니 방금 말한 방법으로 초청한다면 빨리 성과가 나올 터이니…… 어머님, 정선생 두 분과, 히로가와 씨, 야스이 씨, 이마이즈미 선생, 야마구치, 기무라, 고마츠 씨 여러분께 의논하고 부탁하면 힘이 되어주리라 믿어요. 이런 유력한 분들이 모던아트협회의 초청장을 일본외무성을 통해 유리하고 편리한 방법으로 활용해주는 것 정도는…… 성의만 있다면 가능하리라 생각하오. 여러분께 직접 의논해서 이걸 가능하게 만들어주세요. 입국관리청 쪽에서 모던아트협회 회원으로서 1년간 초청하므로 입국을 1년간 허가한다고 해도 좋아요. 이 방법도 여러분께 의논해보세요. 꼭 성과가 있게끔 있는 힘을 다해주세요.

아직도 완전히 회복하지 못하고 와병 중인 소중한 당신에게…… 참으로 힘든 일이라고는 생각하지만…… 이번에 정선생이 성의를 다해 협력해주겠다고 하니 이런 좋은 기회를 놓치게 된다면 '남덕과 중섭'은 멀리 떨어져 불안에 떨며 오래 오래 기다리기만 해야…… 10년을 허송세월하고 형제를 잃고 몇 번이나 사선을 넘어서 지금 내 마음에는 오로지 그대 곁에서 자유롭게 올바르고 아름다운 것…… 새로운 표현을 마음껏 하고 싶은 뜨거운 바람뿐이라오. 한국에서도 그림은 그릴 수 있겠으나…… 여러 가지 참고자료도 보아야 하고 재료를 구해야 하고 외국작품을 하루라도 빨리 보고 참고해서 더 새로운 표현을 해야 한다오. 어디까지나 나는 한국인으로서 한국의 모든 것을 전 세계에 올바르고 당당하게 표현하지 않으면 안 되오. 나는 한국이 낳은 정직한 화공이라오. 온갖 고난 속에서도 새로운 사회를 만들어 가는 조국을 떠나는 것은…… 조국의 동포들이 더욱더 기뻐하고 즐거워할 수 있는 훌륭한 작품을 만들고, 다른 어떤 화공에도 지지 않는 올바르고 아름다운 표현을 하기 위해 반드시 참고해야 할 많은 것들이 있기 때문이라오. 온 세계 사람들이 한국 사람들이 최악의 조건 아래서 생활하며 표현해내는 새롭고 올바른 방향의 외침을 보고 듣고 싶어 한다는 것을 나는 잘 안다오. 이 세상에서 가장 훌륭한 나의 조력자인 남덕 씨, 있는 힘을 다해 좋은 성과를 거둘 수 있도록 노력해주기를 바라오.

추신

왼쪽 – 정 선생한테는 내일 편지를 보낼게요.

대구의 구상 형에게서도 신나는 소식이 왔어요. 반드시 가게 될 테니까 준비하고 기다리고 있으라고.

오른쪽 – 뽀뽀를 해주세요.

지금 곧 편지를 넣지 않으면 내일 항공편에 댈 수가 없어 지저분한 글씨지만 그냥 부쳐요.

중섭

—
손
종이에 유채, 1954년. 18.4×32.5cm

내가 일본에 갈 수 있게 많이 애써주어
정말 고맙소

소중하고 소중한 내 사람, 멀리 떨어져 있어도…… 언제나
내 마음을 기쁨으로 가득 채워주고 끝없이 힘을 주는 내 마음
속의 아내 상냥한 남덕 씨. 나의 유일한 천사, 그대와 함께라
면 내 삶은 새롭게 눈뜰 것이오.

9월 28일자 당신의 마음이 담긴 상냥한 편지 그리고 태현이
태성이의 편지 고마워요. 덕분에 힘을 내어 창작에 몰두하고
있어요. 더욱 더 힘차게 하루 종일 틀어박혀 작품을 만들어
요. 마음 놓아요. 다음 운동회 때는 태현이가 약동하는 모습
을 그대와 함께 볼 수 있겠지요.

내가 일본에 갈 수 있게 많이 애써주어 정말 고맙소. 어머님 친구의 언니께 서둘러 부탁해서 초청장과 함께 입국허가서를 보내주세요. 히로가와 씨에게도 이마이즈미 씨에게도 야마구치 씨에게도 기무라 씨에게도 야스이 씨에게도 정 선생에게도…… 있는 힘을 다해달라고 말씀드려줘요. 반드시 멋들어진 작품으로 그 은혜에 보답하겠소.

서둘러 사진 보내줘요. 그대 얼굴과 발가락 얼굴을 크게 찍어서……(사진을 받을 때 아고리가 작품 만들 때 필요하다는 말을 해주고 이런 포즈로 반드시 서둘러 두세 포즈를 찍어 보내줘요).

구상 형에게도…… 반드시 출국할 수 있는 방법을 찾아달라고 부탁해두었으니…… 대구에서 연락을 받으면 바로 오라는 통지가 있었어요. 이번에는 어느 쪽 방법으로든 반드시 갈 수 있을 테니 평안한 마음으로 건강하고 힘차게…… 더욱 더욱 밝은 마음으로 기다려주세요. 그대가 이게 꿈인가 싶을 만큼, 그대를 멋들어지게…… 하늘에 떠오를 만큼 뜨겁게 사랑해줄 테니 힘차게 큰 자부심을 가지고 가슴 벅차게 기다려주세요.

아직 해가 뜨기 전에 일어나 제작에 몰두하고 있어요. (서울

て・ありがとう。 母上の友人の義兄
の方に いをいて …おねがいして 超
<u>諸状</u>と一緒に 入國きよが 妻を
お送り下さい。 廣川さんにも。
今泉さんにも、山口さんにも、村井
さんにも、安井さんにも、丁先生に
も。…… 完成一パイ お力になって
もらいなさい。 悪がそしは …
必ずリッパナ 新しい作品でし
て見せませう。 いをいて寫真を
お送り下さい。 君の顔と おしゆが
君の顔を大さくね …具常兄
からも …確かにゆける 私たの
んで あるから … 大邱から 知ら
せが あったら すぐに きてくれと
の お通知が ありました。 こん
では どちにしても …必ず行け

②

은 아침저녁으로 살이 떨릴 만큼 춥다오.) 낮이라도 자고 싶으면 그냥 자버린다오. 너무 많이 자서 저녁나절에 일어날 때는 또 그냥 그렇게 작업에 몰두하지요. '초청장과 입국허가서를 서둘러 보내주세요'. 상냥하고 올곧은 나의 천사여. 힘찬 포옹과 미친 듯이 뜨거운 키스를 받아주세요.

중섭

왼쪽 - 아래의 아고리는 아슈비 사진을 보고 있어요.
하루종일 세수도 안 하는 날도 있어요.
위 - 태현 운동회 태성 남덕

ますから…安静を守り元気に
はりきって…もっと∨心を明る
くもってゐて下さい。君が夢かと
君みくらい。君をすばらしく…
天にほこりながら 熱愛する
から…はりきり 最大のほこり
をもって、又、一パイも愛て下さい。
朝は 暗い時から おき制作
してゐます。(日中は朝夕寒くて
ふるえる位です)ねるまも ね
たければ そのまま ねてしまいま
す。ねすぎて 夕方頃まで ね
るときは…又そのまま制作を
つづけてゐます。③ 招請状と
入国きよか書を いといて お送り
下さい。やさしい正誠の天使よ
強い∨ほうようと 熱烈な
狂気以上のポポをおうけとり下さい。

③

下のあごり君は
あしゆ広君のシャシンを見てゐます。

日中頭を
あらわなつても
あります。

져도 이겨도 다 좋으니
씩씩하게 운동하세요

내가 제일 좋아하고 늘 보고 싶은 태현아, 잘 지내지요? 오늘 엄마한테서 편지를 받았어요. 태현이가 매일 운동회 연습을 하느라 새카맣게 타서 온다고. 태현이가 건강하게 지낸다는 것을 알고 아빠는 얼마나 기뻤는지 몰라요. 져도 이겨도 다 좋으니 씩씩하게 운동하세요. 아빠는 오늘도 태현이와 태성이가 물고기와 노는 모습을 그렸어요.

아빠 ㅈㅜㅇㅅㅓㅂ

왼쪽 – 아빠하고 태현이가 뽀뽀를 하며 볼을 부비고 있네요.
아래 – 태현이가 열심히 운동회 준비를 하고 있네요.

わたくしの だいすきな いつも
ありたい わたくしの やすかたくん

げんきですか。 きょう ママ からの
おてがみ うけとり、 やすかたくん
が まいにち うんどうかいの ...
れんしゅう をして まっくろくなって
かえって くると、.... やすかたくん
の げんきな ようすを しり、パパ
は うれしい きもちで いっぱい
です。 まけても かっても いい
から、ゆうかんに うんどうしなさい
ね。 パパは きょうも やすか
たくんと、やすなりくんが、さかな
と かにと あそんで ゐる 之を
かきました。

やすかたくんが ねっしんに
うんどうかいの れんしゅうをしてゐます。

―――― パパ より

ぱぱと やすかたくんが ポポを しほほを なでて ゐます でせう

아빠가 태성이와 태현이가
게와 물고기를 가지고 노는 그림을 그렸어요

내가 세상에서 가장 좋아하고 늘 보고 싶은 태성이.

잘 지내나요? 아빠가 사는 서울은 시원해서 편하게 그림을
그릴 수 있어요. 다 같이 사이좋게 건강하게 또 여유롭게 지
내기를 바라요. 조금만 기다리면 아빠가 우리 가족이 사는 미
슈쿠에 갈 테니까…… 태현이 형하고도 사이좋게 아빠를 기
다려주세요.

아빠가 태성이와 태현이가 게와 물고기를 가지고 노는 그림
을 그렸어요.

아빠 ㅈㅜㅇㅅㅓㅂ

* 운동회 연습을 하는 태현이 형 엄마
* 태성 아빠 태성이가 아빠랑 뽀뽀를 하네요

—
아이들과 물고기와 게
종이에 유채 · 잉크. 33×20,4cm

조금만 있으면
아빠가 도쿄에 갈게요

　태성이에게.

　착한 아이 태성아, 형이랑 편지에 예쁜 그림 그려주어서 고마워요. 정말 예쁘네요. 태형이 형 운동회에 엄마랑 같이 갔다 왔다면서요? 재미있었지요? 아빠는 매일 열심히 건강하게 그림을 그려요. 조금만 있으면 아빠가 도쿄에 갈게요. 건강하게 아빠를 기다려주세요.

아빠 ㅈㅜㅇㅅㅓㅂ

오른쪽 – 아빠 힘내!!

아주 잘 그렸어요!
또 잘 그려서 보내주세요.

아빠 ㅈㅜㅇ ㅓㅂ

정직한 화가라는 사실을
반드시 반드시 믿어주세요

한없이 상냥하고 소중한 사람이여, 10월 5일(3호) 편지 고
마워요. 덕분에 힘을 내어 창작활동에 전념하고 있어요. 아
직 건강을 회복하지 못해 쉬어야 하는데도 아고리의 도일 계
획 때문에 바쁘게 움직여야 하는 그대를 생각하니 가슴이 아
프다오. 그대의 아름다운 마음과 진심으로 가득 찬 사랑에 내
가슴은 감격과 사랑과 감사로 가득하다오. 그대의 진심 어린
마음과 성실한 노력은 마침내 아름다운 성과로 나타날 것이
라 믿어요. 아고리도 더 힘을 낼게요.

시간의 흐름과 함께 늘 바뀌는 것이 인간사인지라 빈틈없이

협력을 구할 수 있는 분들께 잘 말해주길 바라요.

서둘러 입국허가증과 모던아트협회의 초대장과 지난번처럼 신원보증서를 같이 묶어서 보내주세요. 증서가 오는 대로 한 국 외무부에 근무하는 친구에게 말해서…….

늦어질 것 같으면…… 소품전을 끝내고 바로 출발할 생각이에요. 어머님께도 히로가와 씨에게도 부탁해서 열심히 노력하면 그 정도는 생각한 대로 풀릴 수 있을 것이라 믿어요. 이마이즈미 선생께도 사정 이야기를 하고 도움을 받으세요.

아고리는 너무 긴 시간을 보람도 없고 의욕도 없이 보내다 보니 많이 지쳤어요. 이번 기회에 꼭 성과를 냈으면 좋겠어요. 어머님께는 말씀드리기가 힘들지만…… 있는 힘을 다해 주시라고 꼭 부탁드려주세요. 아무튼 마지막 한 방울의 힘까지 다 짜내 보세요. 그래도 안 되면 구상 형의 도움으로 갈 수 있게 하겠어요. 그렇지만 가능하다면 그대 힘으로 가고 싶어요. 걱정일랑 모두 버리고 같이 힘을 다합시다. 있는 힘을 다해 우리 네 가족의 새로운 생활을 시작해 봅시다. 더 더 밝은 마음으로 더욱 더 힘을 냅시다. 그대를 꼭 끌어안고 뜨겁고 긴 키스를 보내오. 발가락한테도 힘을 내라고 전해주세요.

위 - 소중한 나의 천사 남덕 씨······ 감기 들지 않게 조심하세요.

오른쪽 - 뽀뽀 뽀뽀 뽀뽀 발가락이 추위에 떨지 않게 옷을 잘 입혀주세요.

빨리 답장 보내주세요

왼쪽 - 아고리가 새 세상에서 가장 뛰어난 새로운 표현자라는 것을, 정직한 화가라는 사실을 반드시 반드시 믿어주세요.

정선생이 도쿄에서 출발할 때 서울 주소와 도착 날짜를 알려주세요.

　... 추신

　내일(10월 29일) 편지를 쓸 생각이었는데······ 오늘 12시 좀 지나서 테레핀 기름이 떨어져 거리로 나갔지요. 그런데 11월 1일부터 열리는 한국국전에 참가하느라 내가 작년부터 올봄까지 있었던 통영의 공예가들이 출품 때문에 상경해서······ 오늘 오랜만에 지난겨울의 일이니 통영의 일이니 이야기를 나누었지요. 그분들이 나를 걱정해서 일부러(내가 부탁한 것도 아닌데) 겨울에 필요한 양가죽 점퍼를 가져다주었어요. 조금 추워서 걱정했었는데(요 5, 6일간은 아주 따뜻했지만), 앞으로는 조금 추워도 견뎌낼 수 있을 것 같아요. 기뻐해줘요.

끝도 없이 상냥하고 소중한 나만의 천사여, 이런 사소한 일이라도 내가 작업하는 데 좋은 일이 있으면 그대에게 알리지 않을 수 없어요. 조금 추워도 아니 몹시 추워도 아무 걱정 마세요. 마음 푹 놓으세요. 구형의 노력으로 언제든 소품전이 끝나면 그대들 곁으로 갈 수 있을 테고…… 화공 아고리는 생각하면 가슴이 터질 것 같은 아름다운 남덕 씨를 떠올리며…… 더욱 더 힘을 내어 열심히 그림을 그릴 테니…… 편안한 마음으로 건강에 유의하며 힘차게 발가락과 이야기를 나누며 기다려줘요.

가능한 한 빨리 그대 얼굴만 나오는 사진하고 아이들과 같이 찍은 사진과 아스파라거스(나만의) 사진 세 장 정도 빨리 보내줘요. 계속 내 마음을 담은 편지 보낼게요. 5, 6일에 한 번은 반드시 편지 보내주세요(잊지 말고). 그럼 건강히.

투계

종이에 유채, 1954년 추정, 29×42cm

이번에 아빠가
빨리 가서 보트 태워줄게요

　태현이에게.

　내 귀여운 태현아. 잘 지내나요? 학교 갈 때 춥지는 않나요.
지난번에 엄마랑 태성이랑 태현이 셋이서 이노카시라 공원에
놀러갔다면서요. 연못 속에는 커다란 잉어가 많이 살지요. 아
빠가 학교 다닐 때 이노카시라 공원 근처에 살아서 매일 공원
연못 주변을 산책하면서 커다란 잉어가 노니는 모습을 바라
보았어요. 이번에 아빠가 빨리 가서 보트 태워줄게요. 아빠는
닷새나 감기에 걸려 누워 있었지만 오늘 건강해져서…… 또
열심히 그림을 그려서 빨리 전시회를 열어…… 그림을 팔아

서 돈과 선물 많이 사 들고 갈 테니까 건강한 모습으로 기다
려주세요.

아빠 ㅈㅜㅇㅅㅓㅂ

위 - 아빠는 약을 먹고 건강해졌습니다. 약 아빠가 감기에 걸려
누웠습니다. 너희들 사진.
왼쪽 - 엄마랑 태현이랑 태성이가 이노카시라 공원에 갑니다.

やすかたくん

パパが くすりを のんで げんきに なりました。 くすり

パパ かぜを ひいて ねて ゐました
きみたちの シヤシン

ままと やすかたくんと
やすなりくんが
ゐのかしらこうえんに 行きます

わたくしの　かわいい　やすかたくん。
げんきで　せうね。がっこう〜　ゆ
くときは……すこし　さむく　ありませ
んか。　このまへは　ままと、やす
なりくんと、やすかたくんと、さんにん
で　いのかしら　こうえん〜　あそび
に いった　さうですね。いけの　な
かには　おほきな　こい が たくさん
すんで　ゐるでせう。パパが……
がっこう〜　かよう とき…いのかしら
こうえんの　きんじょ に ゐましたので
まいにち、こうえんの いけの まわりを
さんぽし おほきな こいの およぎ
まわる さまを…みて たのしみまし
た。

こんど パパが はやく いって…ボートにのせて
あげませうね。…パパは 5にちかん
かぜを ひいて ねて ゐましたが きょうは
すっかり げんきに なりましたので …また…
ねっしんに ゑを かいて…はやく てんらんかい
を ひらき…ゑを うって…おかねと おみやげ
を たくさん かって …もって ゆきますから………

パパ
ヨリ

げんきで……くださいね。

나중에 아빠랑 가면
꼭 보트도 태워줄게요

　나의 귀여운 태성이. 잘 지내나요?

　얼마 전 태현이 형하고 태성이하고 엄마 셋이서 이노카시라 공원에 갔다면서요. 동물원의 곰, 원숭이, 학…… 참 재미있었겠지요? 나중에 아빠랑 가면 꼭 보트도 태워줄게요. 건강하고 착하게 기다려주세요. 아빠는 감기에 걸려 드러누웠지만 이젠 괜찮아요. 그럼 건강히.

아빠 ㅈㅜㅇㅅㅓㅂ

* 아빠, 감기 걸려 누워 있다가, 약 먹고 나았습니다.
* 엄마, 태성, 태현 셋이서 이노카시라 공원에 갔습니다.

그대만을 하루 종일 생각하며
가슴 벅차한다오

늘 내 가슴 속에서 나를 끝없이 따스하게 감싸주고 용기를 주는 나의 귀중하고 유일한 사람 천사 남덕 씨.

건강하게 잘 지내나요. 아고리는 점점 더 힘을 내어 순조롭게 작품을 슥슥 그려내고 있어요. 나도 놀랄 정도로 작품이 잘 되어 감격스러워 가슴이 터질 것 같다오. 더욱 힘을 내어 추위에도 지지 않고 굴하지 않고 이른 새벽에 일어나 전등을 밝히고 그림을 제작하고 있어요. 세상에서 가장 사랑하는 내 사람이여, 상냥하고 진실하고 성실한 사람이여!!! 진정 기쁜 마음으로 서류를 잘 꾸려줘요. 하루라도 빨리 같이 지내고 싶소. 이번에야말로 반드시 성과를 낼 수 있게 해줘요. '두드려라 그러면 열릴 것이다.' 예수의 말씀이라오. 하루에도 몇 번이나 마음속에서 열광적으로 소중하고 멋진 그대의 모든 것을 끌어안고 또 끌어안고 끝도 없이 그대만을 하루 종일 생각하며 가슴 벅차한다오. 빨리 만나고 싶어 죽겠소. 이 세상에 나만큼 아내를 사랑하고 미친 듯이 보고 싶어 하는 사람이 또 있을까요. 보고 싶고 보고 싶어 또 보고 싶어 머리가 멍해지고 말아요. 끝도 없이 상냥한 나의 아름다운 천사여!! 서둘러 서류를 만들어 나한테로 보내주세요. 내가 얼마나 애타게 기다리는지 그대는 잘 알 것이오. 사진도 빨리 보내주세요. 작품으로 만들 생각이라 하고 발가락 사진을 석 장 정도 보내주세요. 김인석 형이 찍은 내 사진(뒤편 돌산에 올랐을 때 찍은 것)을 보내오. 지금 아고리는 온통 작품에 둘러싸여 온통 어지러운 방 한 구석에서 그대와 아이들에게 편지를 쓴다오. 자, 힘차게 성과를 얻을 때까지 굴하지 말고 이겨냅시다.

중섭 쓰다 편지 빨리 보내주세요.

왼쪽 – 멋진 사진 서둘러 보내주세요. 뽀

書籍を　私の居廠にお送り
下さい。毎日　どれほどまって
ねむか　君は　おわかりでせう
ね。写真も　かいて　お送り
下さい、作品にする　為だといっ
て　私共が　君の　ポーズくらい
お送り下さい、全仁鶴見
が　かようで　うつして　行った私
のシャシン（後方の　若山？のぼっ
てうつしたものです）も　お送りし
ません、　字アゴリ君は　四方
作品に　うずもれて…ちらばっ
たへやの　ひとすみで　君と子供
を思い　お便りを書いています、
さあ…　げんきで　成果を勝ち
得るまで　屈せず　がんばりぬ
きません。

태성이, 태현이,
둘이서 사이좋게 보세요

　태현이, 태성이, 잘 지내나요? 오늘은 종이가 다 떨어져서 한 장만 그려서 보낼게요. 태성이, 태현이, 둘이서 사이좋게 보세요. 요 다음에는 재미있는 그림을 한 장씩 그려서 편지와 함께 보낼게요.

　태현, 태성, 둘이서 사이좋게 아빠를 기다려주세요. 아빠가 가면 자전거 사줄게요.

* 태현이 자전거　엄마　아빠
* 태성이 자전거
* 새보다 비행기보다 빨라 빨라!

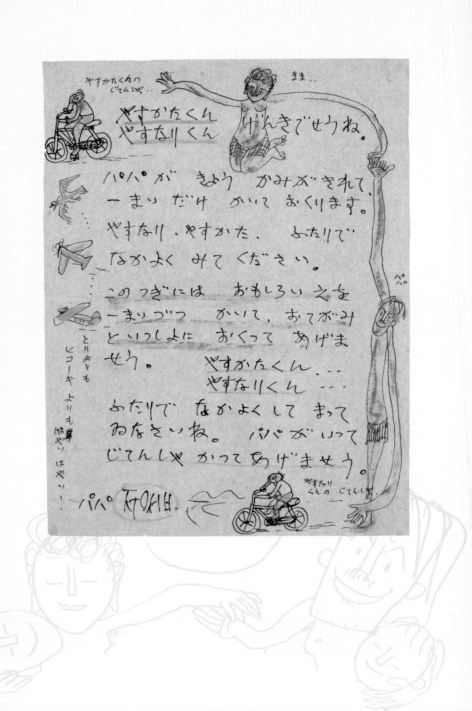

やすかたくんの
じてんしゃ..

まま..

やすかたくん
やすなりくん　　げんきでせうね。

パパが　きょう　かみが　きれて、
一まい　だけ　かいて　おくります。
やすなり、やすかた、　ふたりで
なかよく　みて　ください。

この　つぎには　おもしろい　えを
一まい　づつ　かいて、おてがみ
と　いっしょに　おくって　あげま
せう。　　　やすかたくん...
　　　　　　やすなりくん...

ふたりで　なかよくして　まって
ゐなさいね。　パパが　いって
じてんしゃ　かって　あげませう。

パパ　石内ハル　

とりよりも
ヒコーキ　よりも

やすなり
くんの　じてんしゃ.

내일은 태현이 태성이에게
재미있는 그림을 그려 같이 보낼게요

　소중하고 상냥스러운 나만의 사람이여, 나만의 진실된 사람이여, 훌륭한 남덕 씨…… 나는 그대의 편지와 그립고 그리운 그대와 아이들의 사진을 기다립니다.

　지금은 으스스 춥고 외로운 밤, 적막한 고독 속에서 혼자 허한 마음으로 앉았다오. 그림도 그릴 기분이 아니라 휘파람을 불기도 하고 콧노래를 부르다가 시집을 읽기도 하오. 그대 편지가 조금 늦어지니까 그대와 아이들이 감기에나 걸리지 않았는지 걱정스럽소. 11월 8일자 편지 이후로 소식이 없어서 (오늘이 11월 21일) 마음이 무겁소. 하루라도 빨리 감기 같은 놈 그냥 날려버리고 힘을 찾아 길게 길게 즐거운 편지를 보내줘요. 이렇게 편지가 늦어지면 난 힘을 낼 수 없어요. 아고리는 편하게 지내면서 그림을 그리는 것이 아니에요. 아무리 힘든 일이 있어도 결코 굴하지 않고 소처럼 듬직한 발걸음으로…… 힘을 내 그림을 그린다오. 그대의 상냥한 편지만이 내가 매일 기다리는 나의 유일한 기쁨이라오. 그대 편지를 받은 날은 평소보다 몇 배나 그림이 잘 그려진다오. 난 정말 외로워요. SOS…SOS…SOS… 빨리 힘을 내어서 즐거운 편지 보내줘요.

오늘 밤은 그대와 아이들의 건강을 기도하며 잠자리에 들어 내일 아침부터 일찍 일어나 힘차게 그림을 그릴 테요. 내일은 태현이 태성이에게 재미있는 그림을 그려 같이 보낼게요. 그리운 그대의 편지 길게 길게 빨리 적어서 그리운 그대 얼굴 사진과 함께 보내 아고리를 힘차게 만들어주세요.

나만의 상냥한 사람이여…… 나의 빛나는 보석 남덕 씨. 부드럽고 긴 키스를 보내며 잠자리에 들어서는 당신과 함께하는 꿈을 꾸겠소. 그리고 푹 자고 일어나 걸작을 그릴 생각이오. 힘껏 살아봅시다. 꿈에서도 깨어서도…… 소중한 그대만을 사랑하고 사랑하고 또 뜨겁게 사랑하고 끝도 없이 사랑하

며, 설령 잠시 헤어져 있다 해도…… 당신만을 가슴에 끌어
안고 따스하게 숨쉬고 싶소. 그대를 사랑하오. 나는 그대만을
사랑하오. 내 가슴은 당신 생각으로 터질 것만 같으오.

　남덕아… 빨리… 빨리……

　사진 보내주세요.

중섭

—
가족과 비둘기
종이에 유채, 29×40.3cm

이번에 엄마가 편지 보낼 때
태현이도 같이 써야 해요

태현이에게.

아빠가 제일 좋아하고 제일 보고 싶은 태현이, 건강히 잘 지내나요?

아빠는 감기에도 걸리지 않고 건강하게 작품전 준비를 하고 있어요. 태현이는 모형비행기를 혼자서 열심히 조립한다지요? 벌써 다 만들었다고요? 이번에 아빠가 가면 보여주세요. 친구랑 같이 낙엽으로 공작을 했다면서요? 아빠는 하루라도 빨리 도쿄로 가서 엄마, 태성, 태현, 아빠 넷이서 즐거운 시간을 보내며 일요일에는 같이 영화도 보러 가고 유원지에 놀러도 가고 교외에도 나가보고……. 아빠가 가면 반드시 태현이 하고 태성이한테 자전거를 한 대씩 사줄게요. 건강하게 사이 좋게 아빠를 기다려주세요. 이번에 엄마가 편지 보낼 때 태현 이도 같이 써야 해요. 아빠가 기다리고 있을게요. 그럼 건강히, 안녕.

아빠 ㅈㅜㅇㅅㅓㅂ

왼쪽 – 자전거 타는 연습은 했나요. 태현이가 자전거 타는 모습 빨리 보고 싶어요.

오른쪽 – 세상에서 가장 훌륭한 우리 태현이, 종이가 떨어져 한 장만 보낼게요. 다음에는 더 길게 보낼게요.

100까지 적을 수 있다니
정말로 우리 태성이는 훌륭해요

태성이에게.

언제나 보고 싶은 귀여운 태성아, 편지 고마워요. 정말 편지를 잘 쓰게 되었네요. 아직 학교에도 안 들어갔는데 산수도 잘 하고…… 100까지 적을 수 있다니 정말로 우리 태성이는 훌륭해요. 아빠는 너무 너무 기뻐요. 이번에 아빠가 가면…… 반드시 멋진 자전거를 태성이한테 하나 태현이 형한테도 하나 사줄게요. 건강하게 엄마 말 잘 듣고 태현이 형하고 사이 좋게 기다려주세요.

지난 일요일에는 엄마랑 태현이 형이랑 셋이서 세타가야에 놀러 갔다면서요? 교외에 놀러 가면 참 좋지요. 좋은 걸 많이 배워 훌륭한 사람이 되어야 해요. 아빠가 가면 엄마랑 태현이 형이랑 태성이랑 넷이서 유원지에도 가고 영화관에도 가고 교외에도 놀러 가요.

　태성이, 아빠가 제일 좋아하고 보고 싶은 태성이. 건강하고 힘차게 놀고 열심히 공부하면서 기다려주세요. 안녕.

아빠 ㅈㅜㅇ ㅅ ㅓ ㅂ

아빠는 건강하게 잘 지내요.

진실로 새로운 표현을,
위대한 표현을 계속할 것이라오

당신이 사랑하는 유일한 사람 이 아고리는 머리가 점점 더 맑아지고 눈은 더욱더 밝아져서, 너무도 자신감이 넘치고 또 흘러 넘쳐 번득이는 머리와 반짝이는 눈빛으로 그리고 또 그리고 표현하고 또 표현하고 있어요.

끝없이 훌륭하고……

끝없이 다정하고……

나만의 아름답고 상냥한 천사여…… 더욱더 힘을 내서 더욱더 건강하게 지내줘요.

화공 이중섭은 반드시 가장 사랑하는 현처 남덕 씨를 행복

天むが…愛する唯一人のあごり君は 頭と
眼が ます～ さえて 自信あって
あって あり得まって ピカ～ と
かがやく 頭と眼光で 制作 制作
表現又表現 しつづけて みますよ

限り無くすばらしく…～
限り無くやさしい
わりたけの すばらしくやさしい
私の天使よ … 首をはりきって
首々げんきで がんばってね

いず 通エ李仲斎 君は
最愛の賢妻南徳君を 幸福の
天使に 高く 美ばしく 高く
はりあげて みせます。

自信満々
楽いは 吾達と善宏を
すべての人々の為に 真に
新しい表現を 又大表現
をつづけてみます。

私の最愛の妻南徳天使 ばんざい～

40

한 천사로 하여 드높고 아름답고 끝없이 넓게 이 세상에 돋을 새김해 보이겠어요.

자신만만 자신만만.

나는 우리 가족과 선량한 모든 사람들을 위해서 진실로 새로운 표현을, 위대한 표현을 계속할 것이라오.

내 사랑하는 아내 남덕 천사 만세 만세.

—
가족
종이에 유채. 26.5×36.5cm

덕분에 아빠는 더욱 더 힘을 내어
열심히 그림을 그려요

태현이에게.

멋진 아들 태현아. 편지 고마워요. 덕분에 아빠는 더욱 더 힘을 내어 열심히 그림을 그려요. 엄마랑 동생이랑 같이 보았던 영화, 재미있었나요? 아빠가 나중에 한 달쯤 지나서······ 도쿄에 가면 꼭 자전거 사줄게요. 마음 놓고 건강하게 공부도 열심히. 엄마랑 태성이와 사이좋게 기다리고 있어요. 아빠는 하루 종일 태현이와 태성이와 엄마가 보고 싶어 견딜 수가 없어요. 곧 만날 생각을 하니······ 아아, 아빠는 너무 즐거워요.

아빠가

—
해와 아이들

종이에 유채 · 연필, 1955년, 32.5×49cm

아빠는 태성이의
상냥한 그 마음에 감격했어요

태성이에게.

용감한 태성이, 잘 지내나요? 아빠는 건강하게 그림 잘 그리고 있어요.

태성이가 늘 엄마 어깨를 주물러 준다면서요.

정말 착한 아이네요.

아빠는 태성이의 상냥한 그 마음에 감격했어요. 앞으로 한 달만 있으면 아빠가 도쿄에 가서 자전거 사줄게요. 건강하게 엄마랑 태형이 형하고 사이좋게 아빠를 기다려주세요.

아빠

—
구상네 가족

종이에 유채 · 연필, 1955년, 32×49.5cm

벌써 며칠이나
세수를 못했는지 모르겠소

　사랑하는 사람이여!! 건강히 잘 지내시나요. 아고리는 매일 밤낮을 가리지 않고 정신없이 그림을 그린다오. 조금만 더 노력하면 성과를 얻을 수 있을 것이오. 태현이와 태성이한테 아빠가 요즘 너무 바빠서 그림을 그려 보내지 못한다고 전해줘요. 벌써 며칠이나 세수를 못했는지 모르겠소. 요즘 들어 그림이 아주 잘 그려져요.

　둘도 없이 소중하고 상냥한 내 사람이여!! 존경하는 남덕 씨!! 아고리의 왕성한 제작욕을 떠올리며 마음 강하게 먹고 힘을 내어 초청장과 입국허가서를 서둘러주세요. 정원진 씨에게 곧 편지를 보내 귀국했을 때 연락할 수 있도록 하겠소. 자주 전화해서 도쿄를 떠날 때는 당신도 편지를 보내줘요. 작품전은 하루라도 빨리 개최하지 않으면 안 되오. 그래서 서두르고 있다오. 조금만 더 참고 노력하면 그대와 아이들을 만날 수 있다고 생각하니…… 이게 현실인가 하는 생각도 든다오. 활기 찬 그대와 아이들을 만나면 진정한 작품이, 엄청난 대작이 만들어질 것이오. 생각만 해도 가슴이 부풀어 올라 마치 하늘을 날아가는 듯한 기분이라오. 너무 그리운 그대의 모든 것, 발가락, 태현이와 태성이와 다른 가족들도 만날 수 있을 테니까요. 발가락은 이 아고리를 잊지는 않았을 테지요. 그럼 또 쓸게요. 힘차게 살아줘요.

중섭

엄마랑 사이좋게
건강한 모습으로 기다려주세요

언제나 보고 싶은 내 귀여운 태현이.

잘 지내나요.

11월 23일에 보내준 편지, 고마워요.

엄마, 태성, 태현 셋이서 다마가와 강에 놀러 갔다고 하는데 많이 즐거웠나요. 아빠도 빨리 전시회를 끝내고 다 같이 다마가와 강에 가고 싶어요. 전시회가 끝나면 바로 도쿄에 가서 자전거를 사줄게요. 엄마랑 사이좋게 건강한 모습으로 기다려주세요.

아빠 친구가 책을 내는데 아빠가 책 표지를 그려주기로 했어요. 해골도 있고 묶인 사람도 있고 게, 생쥐도 있어요. 한번 보세요. 엄마, 태성, 태현 모두 사이좋게 잘 지내야 해요. 그럼 건강히······

아빠 ㅈㅜㅇㅅㅓㅂ

늘 보고 싶은
내 귀여운 태성이

늘 보고 싶은 내 귀여운 태성이.

잘 지내나요.

아빠는 전시회 준비를 하고 있어요.

전시회가 끝나면 바로 아빠가 도쿄에 가서 자전거 사줄 테
니까 건강한 모습으로 기다려주세요.

아빠가 너무 바빠서 오늘은 여기까지만 쓸게요. 건강하세요.

아빠 ㅈㅜㅇㅅㅓㅂ

대구에서 소품전이 끝나면 바로 출발할 수 있으니까 편지는 그리 필요하지도 않아요

내 상냥한 사람이여, 11월 28일자 편지 기쁘게 받았어요. 태현이의 편지도 너무 좋아 몇 번이나 읽어봐요. 상냥한 그 대 마음 씀씀이에 깊이 감사드리오. 아고리는 앞으로 열흘 정 도만 지나면 소품전을 열지요. 사진에 대해서는 잘 알겠어요. 늦어져도 괜찮으니 마음에 두지 말아줘요. 몇 번 받아둔 그대 와 아이들 사진을 매일 바라보니까 괜찮아요. 앞으로는 무엇 하나 마음에 두지 말고 5, 6일에 한통씩 편지 보내주세요. 이 제 곧 소품전을 열 테니까…… 금방 갈 수 있을 테지요. 힘을 내어 두 아이와 함께 밝은 마음으로 기다려줘요.

벚꽃 위의 새
종이에 유채. 49×31.3cm

12월 중순에 소품전을 열어요. 다른 생각은 하지 않고 오로지 소품전을 위해 작품 제작에 열중하고 있으니까…… 지난번 편지는 아고리의 애교로 생각하고 힘을 내세요. 조금만 참으면 돼요. 성실하게 열심히 노력해서 좋은 성과를 얻을 생각입니다. 당신은 신문을 보고 경우에 따라서는 곧 편지왕래가 불가능하게 될지도 모른다고 걱정하는데, 설령 편지를 보낼 수 없다 하더라도 대구에서 소품전이 끝나면 바로 출발할 수 있으니까 편지는 그리 필요하지도 않아요. 조금만 참으면, 대구에서 소품전만 끝나면 그대와 아이들을 만날 수 있으니까 걱정하지 마요. 오로지 건강만 잘 챙기도록 해요. 나의 소중한 아스파라거스에게도 안부 전해주고요.

서울은 아주 추웠지만 어제부터는 봄처럼 따스한 날씨예요. 아무리 추워도 굴하지 않을 테니 아고리를 굳게 굳게 믿고 힘을 내세요. 그대를 보고 싶소. 그대의 멋진 몸을 꼭 꼭 끌어안고 싶소. 길게 길게 입맞춤하고 싶소. 나만의 소중한 천사여, 이 세상 어디에서도 찾아볼 수 없는 나만의 상냥한 아내여, 건강하게 힘을 내세요. 길고 긴 키스를 보내오. 따스하고 부드럽게 받아주세요.

중섭

바로 곁에 그대들이 있는 듯해
얼마나 기쁜지 모른다오

소중하고 상냥한 내 사람이여, 내 가슴 가득 채워주는 유일한 사람이여, 나의 소중한 아내, 나의 남덕 씨.

편지 고마워요. 아이들과 즐겁게 살아가는 모습을 정말 생생하게 적어 보내주어 마치 바로 곁에 그대들이 있는 듯해 얼마나 기쁜지 모른다오. 교회 크리스마스 행사에 태현이와 태성이가 나가 노래도 부르고 놀이도 한다고 하니 얼마나 즐거울까요. 아빠는 크리스마스 때까지는 갈 수 없으니 정말 애석하네요. 태현이가 산수를 100점 맞아 선생님께 칭찬을 받을 정도로 그대가 열심히 노력해주었다니 깊이 감사드리오. 태성이가 좀 거칠다고 하는데 아빠가 가면 괜찮을 거예요. 얌전하게 말 잘 듣는 아이로 만들어줄게요.

　어깨가 뭉칠 만큼 뜨개질은 하지 마세요. 아고리가 가면 부드럽게 어깨를 주물러 줄게요. 힘내서 기다려주세요. 덕분에 아고리는 더욱더 힘을 내어 그림을 그리고 있어요. 앞으로 열흘 정도만 애쓰면 되오.

　친구가 피치 못할 사정으로 집을 팔아야 해서 아고리는 2, 3일 사이에 다른 집으로 이사를 가야 하오. 방을 옮기면 바로 편지 낼 테니 연락할 때까지는 편지 내지 말고 기다려줘요. 도쿄도 많이 추울 테니 몸조심하고 감기 걸릴 만큼 피곤하지 않게 신경써줘요. 내 사랑 상냥한 사람이여, 우리 조금만 참읍시다. 나중에 우리 둘이 즐겁게 지난 추억을 이야기합시다.

　그리고…… 아고리는 작품전 성공을 위해 있는 힘을 다해 노력해서 좋은 성과를 얻을 테요. 힘차게 열심히 밝은 마음으로 기다려줘요. 아스파라거스 양은 요즘 추워하지는 않는가요. 아주 꼬옥 오래 오래 뜨겁게 그대를 안고 키스를 보내오.

　'부드럽게 받아주세요.'

중섭

구상형의 여동생 졸업증명서를 받았다고 알려왔어요. 안심해요.

따스한 남쪽나라로 가는
그림을 그렸어요

태현이에게.

우리 태현이, 잘 지내지요? 학교 친구들도 다들 건강하지
요? 아빠는 건강하게 전시회 준비를 하고 있어요.

아빠가 오늘 엄마, 태성이, 태현이가 소달구지를 타고……
아빠는 앞쪽에서 소를 끌면서…… 따스한 남쪽나라로 가는
그림을 그렸어요. 소 위에는 구름이 떠 있네요.

그럼 건강히 잘 지내요.

아빠ㅈㅜㅇㅅㅓㅂ

····やすかたくん····

わたくしのやすかたくん、げんきでせうね。がっこうの おともだちも
みな げんきですか。パパ げんきで てんらんかいの じゅんびを
しています。 パパが きょう ····ママ、やすたりくん、やすかたくん、
が うしくるま にのって ····パパは まえの ほうで うしくんを
ひっぱって ··· あたたかい みなみの ほうへ いっしょに ゆくえを か
きました。 うしくんの うへは くもです♪ では げんきで ね。

パパ かうかた

—
길 떠나는 가족
종이에 유채. 1954년. 29.5×64.5cm

독신으로 작품을 만드는 사람도 있지만,
아고리는 그런 타입의 화가는 아니에요

　남덕 씨, 세상에서 가장 아름답고 자랑스럽고 고귀하며, 더
할 나위 없이 상냥스러운 나만의 사랑, 건강히 잘 지내나요.
　당신 생각으로 가슴은 늘 터질 것만 같다오.
　수속이 잘 되지 않는다고 너무 초조해하지 말아요. 소품전
이 끝나는 대로 구상 형의 힘을 빌려 갈 수 있을 테니까요. 그
대 아름다운 마음, 행여 어지러워지지 않을까 걱정스럽소. 난
하루하루 작업에 몰두하면서 어떻게 하면 남덕 당신을 행복
하게 해줄 수 있을지…… 온통 그 생각뿐이라오. 이 우주에서
가장 소중하고 고귀한 천사 남덕 씨, 늘 굳세고 밝은 마음으

로 건강하기를 기원하오.

이제 곧 부드럽고 상냥한 그대 가슴과 그대 모든 것을 감싸 안을 수 있다는 생각을 하니, 이 아고리는 그냥 속으로 빙긋 빙긋빙긋 웃음이 끊이지를 않아요.

사람들은 이 아고리가 자기 아내 생각뿐이라며 놀릴지도 모르겠어요. 그렇지만…… 아고리는 세상에서 가장 훌륭하고 아름다운 아내와 오로지 사랑으로 한 몸이 되어…… 아주 멋진 작품을, 진실로 새로운 표현을, 대작을 끝도 없이 만들어 내고 싶소.

가장 소중하고 사랑스러운 아내와 모든 것을 바쳐 하나가 되지 못하는 사람은 결코 좋은 작품을 만들어낼 수 없어요. 독신으로 작품을 만드는 사람도 있지만, 아고리는 그런 타입의 화가는 아니에요. 나는 스스로를 올바른 시선으로 바라보고 있어요. 예술은 끝없는 사랑의 표현이라오. 진정한 사랑으로 가득 찰 때 비로소 마음은 순수와 청정에 이를 수 있는 것이지요.

끝도 없이 상냥하고 올곧은 나만의 사람, 세상에서 가장 큰 나의 기쁨 남덕 씨. 늘…… 그대만을 가슴 가득 품고 작품을 제작하는 대 화공 중섭을 굳게 믿고, 도쿄에서 가장 드높은

–
환희
종이에 에나멜 · 유채, 1955년, 29.5×41cm

자존심과 기개로 마음을 항상 밝게 가지고 건강하게 지내길
바라오.

ㅈㅜㅇㅅㅓㅂ

* 사진 서둘러 보내주세요.

첨서 – 나만의 상냥한 사람이여, 아고리는 아스파라거스 사진을
보고 싶어요. 빨리 보내주세요.
첨서 – 남덕, 그대 얼굴만 나온 커다란 사진도 보내주세요.
첨서 – 아스파라거스가 이 아고리를 잊지 않았는지 물어보고 꼭
답장을 적어 보내주세요.

　　마음의 거울이 맑아질 때 비로소 우주의 모든 것이 올바르
게 마음에 비치는 것입니다. 남이야 무엇을 사랑해도 좋은 것
입니다. 열심히 끝없이 뭔가를 사랑하면 되는 것입니다. 하늘
은 나에게 한없이 사랑스럽고 끝도 없이 아름다운 남덕을 주
었습니다. 오로지 더 깊고 넓고 뜨겁게 끝없이 소중한 남덕만
을 사랑하고 사랑하고 또 사랑하여 우리 둘의 맑은 마음에 비
친 삶의 모든 것을 진실로 새롭게 표현하고 제작하기만 하면

되는 것입니다.

아스파라거스와 발가락에게 몇 번이고 몇 번이고 키스를 보냅니다. 한없이 부드럽고 포근한 나만의 아스파라거스에게 아고리의 따스한 키스를 전해주세요.

이것은 현처 남덕과 대 화공 이중섭. 연애시절의 사진이에요. 진정으로 올바른 남덕과 중섭 만세 만세!!!

중섭은 상냥한 남덕의 도톰한 손을 잡고 머릿속에서 위대한 그림을 그려본다오. 남덕의 표정과 꼭 닮은 한 없이 상냥하고 정성어린 사랑이 보이지 않나요.

태성이와 태현이에게 엄마 아빠라고 가르쳐주세요.

* 빨리… 빨리…

* 남덕, 태성, 태현 셋의 얼굴만 크게 나오는 것, 셋이서 볼을 댄 사진을 보내주세요.

학습원장에게 입국허가를 받을 수 있도록 천천히…… 애써 봐 주세요. 성과가 있으면 연락해주세요.

나만의 커다란 감격, 나만의 고귀한 그대…… 아고리를 잊지는 않았겠지요. 물어보고 빨리 답장을 보내주세요.

태성, 태현, 아스파라거스, 남덕, 모두 감기 들지 않게 조심하세요.

아고리는 더욱 힘차게 열심히 그림 제작에 몰두하고 있어요. 마음 푹 놓고 오로지 기뻐해 주세요.

나만의 소중하고 또 소중하고 고귀하고 끝없이 상냥하며 우주에서 유일한 사람 나의 빛, 나의 별, 나의 태양, 나의 사랑, 모든 것의 주인, 나만의 천사, 사랑하는 현처 남덕 씨, 건강하신가요.

아스파라거스가 감기 들지 않게 따뜻하고 두꺼운 옷을 입혀주세요. 그러지 않으면 나중에 이 아고리가 화를 낼 거예요. 화내면 나 무서워……

아빠 중섭 쓰다

태현이와 태성이가 복숭아를 가지고 노는
그림을 그렸어요. 사이좋게 나눠 먹어요

태현이에게.

이제 아프지 않나요? 감기 때문에 많이 고생했지요? 감기
같은 건 그냥 걷어 차버려요. 더욱더 건강해져서 열심히 공부
하세요.

아빠가 태현이와 태성이가 복숭아를 가지고 노는 그림을
그렸어요. 사이좋게 나눠 먹어요.

그럼 건강히.

아빠

やすかた くん げんきに なりましたか。かぜ
を ひいて たいへん だったでせう。 かぜの やつ
くらい おっぱらって しまいなさい ね。
もっと 〜 げんきに なって べんきょう
しなさい ね。 パパが やすかたくんと
やすなりくんが ももを もって 身をんで
いる えを かきました。 なかよく わけて たべ
なさい ね。 では げんきで ね。
　　　　　　　　　　　　　　　　パパ

한층 힘을 내어
인쇄소로 가오

세상에서 가장 사랑스럽고 훌륭한 나의 남덕 씨.

새해 복 많이 받으세요. 누상동을 나와서…… 작품전도 있고 여러 가지 일도 있고 해서 편지 늦어지고 말았어요. 용서해줘요. 이번 달(1월 18일)부터 백화점 4층 미도파화랑에서 (1월 27일까지) 이중섭작품전을 열게 되었어요. 미도파화랑에 사용료도 지불하고 해서 마침내 작품전이 열리게 되었지요. 포스터는 유강열 형이 맡았는데 오늘 인쇄를 하러 갑니다. 목차와 안내장은 김환기 형이 맡아서 해주기로 했어요. 모든 게 잘 되고 있으니 가슴 가득한 기쁨으로 나를 기다려줘요.

태현이와 태성이한테는 아빠가 너무 바빠 편지를 못 낸다 잘 좀 전해줘요. 이번 작품전이 끝나면 태현이와 태성이에게 충분히 자전거를 사줄 수 있으니 씩씩하게 잘 기다려달라 해줘요. 어머님과 누님께 인사 전해주고요. 책방에 지불해야 할 돈도 충분하니 밝은 마음으로 기다려줘요.

작품전이 끝나면 바로 수금을 해서 대구로 갈 생각이라오. 이제 외출해야 하오. 모든 것이 순조로운 것은 오로지 나의 훌륭한 남덕 씨의 진심이 보내준 선물이라 믿고 한층 힘을 내어 인쇄소로 가오. 답장 줘요.

왼쪽 - 답장은 한국 서울시 서울고등법원 내 이광석 판사(부인 영자) 앞 이중섭으로 해주세요.

오른쪽 - 이광석 형과 부인이 중섭에게 다른 방 한 칸에 불을 넣고 따뜻한 이불을 깔아주었고. 세 번이나 맛있는 식사를…… 그렇게 마음을 써주어 편하게 그림을 그린다오.

아래 - 이광석 형과 영자 씨에게 감사 편지를 보내주세요.

왼쪽 - 한 달 이상이나 이광석 판사 댁에서 신세를 지고 있어요. 답장을 보낼 때는 반드시 이광석 형과 부인께 감사의 인사를 적어 보내세요.

황소야
바람 나왔다
이 밤은…
언제나 변함이 없는 그 빛
바람 불어도
이상 변치 않으니
소나무야 소나무야 내가 너를 사랑한다.

1955년 2월
~1956년 9월 6일

대구,
그리고
마지막 시절

이중섭은 그동안 그린 그림들로 1955년 1월 18일~27일까지 서울 미도파화랑에서 개인전을 엽니다. 당국의 검열과 작품 철거 같은 소동을 거치고서도 대중의 호응은 자못 대단했습니다. 전시작 중 스무 점 정도가 팔리는 절반의 성공을 거둡니다. 미국인 문정관이던 맥타가트가 이 전시회에 출품한 알루미늄 박지에 그린 그림 3점을 사 미국 뉴욕 현대미술관에 기증합니다.

서울에서의 전람회에서 남은 그림을 가지고 대구로 간 때는 2월 하순이었습니다. 소설가 김이석의 집과 여관에서 지내며 제작을 계속해 5월에 대구 미국문화원 전시장에서 개인전을 열었습니다. 그러나 작품은 거의 팔리지 않았고, 중섭은 실망과 분노에 영양부족까지 겹쳐 몹시 쇠약해지고 맙니다.

중섭은 구상 집에서 요양하면서 단란한 구상의 가족을 부러운 듯 쳐다보는 자신이 등장하는 〈구상네 가족〉과 〈성당 부근〉 등을 그립니다. 기이한 행동으로 친구들에게서 정신병자라는 말을 듣다 구상의 손에 끌려 7월에는 대구 성가병원 정신과에 한 달 동안 입원했고, 자신이 정신병자가 아니라는 것을 보여주기 위해 〈자화상〉을 그립니다.

8월 말경, 서울로 옮겨 이종사촌 이광석 집에 머무르게 되었지만 그가 미국으로 연수를 떠나면서 오갈 데가 없어지자 친구들이 이중섭을 위한답시고 수도육군병원 정신과에 입원시킵니다. 전기요법과 그 밖의 폭력적인 치료를 거쳐 이중섭의 심신은 극도로 황폐해지게 됩니다. 이곳을 퇴원하기 전 보낸 편지가 이중섭이 부인에게 보낸 편지 중 현재 남은 마지막 편지입니다.

퇴원한 중섭은 이듬해인 1956년 초까지 화가 한묵과 정릉에서 머뭅니다. 어느 정도 몸을 회복하나 싶었지만, 영양 부족과 간염으로 고통을 겪으며 다시 음식을 먹지 못하게 됩니다. 봄에 청량리 뇌병원 무료입원실에 입원했다가 원장 최신해에 의해 정신 이상이 아니라 심한 간염이라는 진단을 받고 바로 퇴원합니다. 그 후 상태가 몹시 나빠져 서대문 적십자병원 내과에 입원하고, 입원한 지 한 달가량 지난 후인 9월 6일 아무도 지켜주는 이 없이 숨을 거두고 맙니다. 이중섭의 나이 40세였습니다. 사흘 뒤 이 사실을 안 친구들이 장례를 치렀습니다. 화장된 뼈의 일부는 망우리 공동묘지에, 다른 일부는 일본에 살던 부인에게 전해져 그 집 뜰에 모셔졌습니다.

최고의 평가를 받았고
대성공을 거두었다는 사실을 알리오

　세상에서 가장 사랑하는 나의 멋진 사람이여, 오래 편지 내지 못해 정말 미안하오. 이번 작품전 성과에 따라 우리 네 가족의 앞날이 결정난다는 생각으로 열심히 노력하고 집중하여 작품전을 열었다오. 장소는 미도파화랑, 날짜는 1월 18일~28일. 최고의 평가를 받았고 대성공을 거두었다는 사실을 알리오. 작품 45점 가운데 20점이 팔렸어요. 5만 원, 4만 원, 3만 원, 2만 원, 총 53만 원의 매상고 가운데 13만 4000원의 비용을 제하고 40만 원 정도를 벌었어요. 현재 수금중이라오. 수금이 끝나면 4, 5일 후에 대구에 가서 작품전을 열 예정이에요.

대구에서도 잘 될 테니…… 마음을 편히 하고 힘을 내주시구려.

자유, 평화, 동아, 조선, 경향, 5대신문에 작품사진과 평이 실렸어요. 이영진 군이 작품평을 모아서 보낸다고 했는데 받았는지요. 아고리는 너무 바빠서 신문을 살 여유조차 없어서…… 이영진 군에게 부탁해두었지요. 전시장 사진도 카메라로 60장도 넘게 찍었어요. 현상되는 대로 보낼게요. 내가 도쿄로 가기 전까지는 책방 쪽에는 아무 말도 말아줘요. 내가 가서 적당히 지불할 테니까. 어머님께도 누님께도 잘 전해줘요. 작품전이 성공했다고. 태현이 태성이에게도 뭐든 좋아하는 거라면 얼마든지 사줄 거라고…… 아빠가 노력한 성과에 대해 알려줘요.

이광석 형과 누님에게 왜 감사편지를 보내지 않는가요? 서둘러 이광석 형과 누님께 편지 보내줘요. 대구로 떠나는 날 편지 보낼게요. 4일 후 또는 5일 후.

중섭

왼쪽 – 대구에 도착하면 즐거운 편지 보내리다. 힘차고 밝게 지내요. 뽀 뽀 뽀 뽀 뽀 뽀 뽀 뽀 뽀 뽀 뽀 뽀 뽀 뽀 뽀 뽀

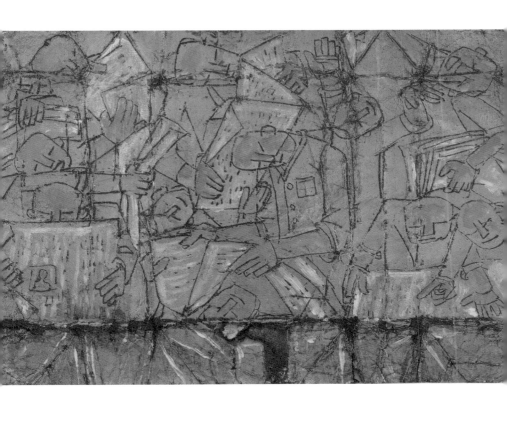

신문 보는 사람들
알루미늄 박지에 긁어 그리고 물감으로 채움. 9.8×15cm, MoMA 소장

—
낙원의 가족
알루미늄 박지에 긁어 그리고 물감으로 채움. 8.3×15.4cm, MoMA 소장

—
복숭아 밭에서 노는 아이들
알루미늄 박지에 긁어 그리고 물감으로 채움. 8.3×15.4cm, MoMA 소장

대향은 매 시간마다 분 단위로
그대의 편지를 기다린다오.

　세상에서 가장 귀엽고 유일하고 소중하며 또 소중한 남덕 씨!!

　대향은 매 시간마다 분 단위로 그대의 편지를 기다린다오.
　대향중섭구촌

위 - 오늘 아침 이광석 형의 카메라로 찍은 사진이 나와 보냅니다. 전시장에 광석 형의 두 아이도 같이 나왔어요. 아고리는 친구한테 빌린 코트라 작아서 어깨가 쪼그라들었지요.

—
동촌유원지
종이에 유채 · 연필, 19.3×26.5cm

웃으며 봐주세요.

왼쪽 – 이광석 형의 누님께 보낸 감사편지 고마워요. 중섭

이번 답장은 (아래에 쓴) 대구 구형의 주소로 보내주세요.

오른쪽 – 자, 조금만 참으면 된다오. 우리 넷이서 더욱더 힘을 냅
시다.

아래 대구 주소로 편지 보내주세요.

(경남도 대구시 영남일보사 구상선생 편 이중섭)

사랑
알루미늄 박지에 긁어 그리고 물감으로 채움. 15×10cm

—
바닷가 아이들
알루미늄 박지에 긁어 그리고 물감으로 채움. 8.6×15.2cm

—
추모
알루미늄 박지에 긁어 그리고 물감으로 채움. 10×15cm

세상에서 가장 사랑하는
귀엽고 소중하고 훌륭한 사람이여!!!

    소중하고 또 소중하고 훌륭한 내 사랑 남덕 씨!!

    그 후로 건강한가요. 수금 때문에 오늘까지(20일) 뛰어다녔어요. 거의 다 수금했지요. 남은 그림 값은 대구에 가서 전시회를 열고, 대구 전시회가 끝나면 바로 상경해서 수금할 생각이에요. 오늘 오랜만에 이광석 형 댁에 갔지요. 2, 3일 안에 소 머리를 한 장 그려서 친구에게 건네주고 바로 출발할 생각이에요. 대구에 가면 하숙을 찾아서 바로 구상 형과 이기련 대령 셋이서 작품전을 준비를 하고 하루라도 빨리 전시회를 열 생각이라오.

배를 타고 가족에게 가는 사람
종이에 유채 · 연필. 14×20.5cm

세상에서 가장 사랑하는 내 아내, 가장 소중한 남덕 씨, 건강하게 힘내서 큰 기대를 품고 기다려줘요. 당신 편지가 고등법원에 온 것을 이광석 형이 잊어버리고 가져오지 않았다고 하는군요. 내일 이광석 형이 고등법원에서 돌아오는 길에 가지고 와주겠다 하니…… 내일(21일 월요일) 저녁때는 당신의 즐거운 편지를 받을 수 있을 테지요. 전시장에서 찍은 사진이 60장도 넘어서…… 미야사진관 주인 박준섭 씨에게 부탁해두었는데, 아직 현상이 안 된 것 같으오. 24일경 대구로 떠날 때 사진을 받아서 대구에서 보낼게요. 나의 생명이며 기쁨인 소중한 사람이여!!! 아무 걱정하지 말고 건강하게 태현이 태성이랑 함께 기다려줘요.

　아고리는 자신감에 넘쳐요. 영진 군이 보낸 신문평 이외의 신문도 구하는 대로 대구에 가서 보낼게요. 〈현대문학〉이라는 문학지에도 평이 실렸다오. 기뻐해줘요. 세상에서 가장 사랑하는 귀엽고 소중하고 훌륭한 사람이여!!! 조금만 참으면 되오. 우리 서로 더욱더 노력합시다. 태현이와 태성이한테도 반드시 자전거를 한 대씩 사주겠다고 힘차게 전해줘요. 아빠가 대구에 갈 준비도 하고 수금도 하느라 너무 바빠서 편지 내지 못하니까…… 4, 5일 후에 대구에 가서 태현이와 태성이에게

나무와 달과 하얀 새
종이에 크레파스 · 유채, 1955년, 14.7×20.4cm

노란 달과 가족
종이에 연필 · 크레파스, 1955년. 18×15.2cm

편지하겠노라고 전해줘요.

　그럼 건강하고 힘차게 기다려줘요. 소중한 몸을 더욱 더 소
중히 여기며. 발가락에게도 입맞춤을 보낸다고 전해줘요.

중섭

파란 게와 어린이
종이에 유채. 30.2×23.6cm

시인 박용주에게 보낸 편지

　경애하는 박형!!

　참 오래간만입니다. 수일 전에 상경하신 송혜수 형 편에 박
형의 소식을 듣고 반가웠습니다. 오래간만에…… 지나간 부
산에서…… 술 마시고 살림에 쫓겨 떠다니면서도 서로 두텁
고 뜨끈한 정을 나누며 껄껄 웃고 지나던 일을 생각해봤습니
다. 아주머님께서도 애기들도 다 몸 튼튼히 계실 줄 믿습니
다. 송 형이 전해주신 박 형의 편지도 반갑게 읽었습니다. 한
묵 형을 만나시어서…… 제가 일본 애들한테 갈 여비를 만들
려고 습작 45점을 걸고…… 이중섭 작품전이라고 써붙이고
작품전을 열었습니다. 그때 박 형 주소를 몰라서 알리지 못하

고 묵형께로 전해달라고 편지 냈습니다. 외 부산 내려가는 군인 한 사람과. 또 한 사람한테, 전람회 목차를 열 매 이상씩 부탁해 보냈는데 받아보셨는지요. 박 형 또 여러 형들의 원조와 염려지감에 스무 점쯤 매작되었습니다. 수금이 잘 안 돼서…… 여태껏 서울서 우물쭈물하고 머물렀습니다.

　내일모레(24일)께는 대구에 내려가겠습니다. 대구 가서 장사가 잘되면 하부시 빈대떡이나 잔뜩 먹고 술 많이 마시도록 합시다. 도쿄에서 기다리는 처자가 그리워 못살겠습니다. 매일 사진만 꺼내보며 지냅니다. 송 형을 수일 전 잠깐 만나고는 수금 때문에 바빠서 아직 못 만났습니다. 대구 가기 전 시내에 나가면 만날지 모르겠습니다. 대구 내려가면 다시 자세한 소식 전하겠습니다. 아모쪼록 몸 튼튼히 훌륭한 사업 많이 하시옵기 빕니다. *에 대구 주소 좀 소식 전해주십시오.

　짬나시는 대로 하기 주소로 기쁜 소식 전해주십시오.

　　　　　　경상북도 대구시 영남일보사 구상 씨 편 이중섭.

참사람이 되기 위해
노력하고 있습니다

구상형전 이중섭제

제(弟)는 여러분의 두터운 사랑에 싸여 정성껏 맑게 바로 참사람이 되기 위해 노력하고 있습니다. 제는 하느님을 믿으려고 결심을 했습니다. 구형의 지도를 구해 가톨릭교회에 나가 저의 모든 잘못을 씻고 예수 그리스도님의 성경을 배워 깨끗한 새사람이 되고 싶습니다. 성경을 구해 매일 읽고 싶습니다. 내일 15일 오후 4시경에 신문사로 찾아뵙겠으니 지도하여주십시오.

具常兄

具兄그새안녕 맛뽁이가 弟는여러분
의무거운 사랑에싸여 正誠껏 맑게마로
참사람 되기위해 努力하고있습니다.
弟는 하나님을믿을녀고 決心을했습니다.
具兄의 指導를求해 가로러致습에내가 弟의
모-든잘못을 씻고 예수그리스도님의
스도님의 聖經을求해매안 곳첫새사람이되고
삽습니다. 생경을求해매안 곳첫새사람이되고
明日十五日后四時덩게社로 찾어뭵겟으니
指導하여주십시고.

弟 李仲慶

具常 兄前

李仲慶 拜

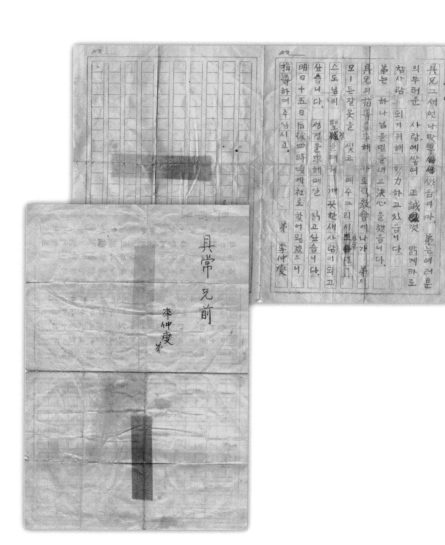

—
새와 나무
종이에 크레파스 · 잉크, 17×27.5cm

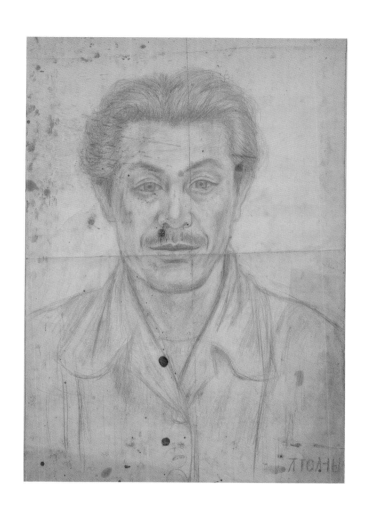

—
자화상

종이에 연필, 1955년, 48.5×31cm

마지막 편지

나의 소중한 남덕 씨.

11월 24일, 12월 9일자 편지, 고마워요. 대구와 서울의 친구들의 정성 어린 성원에 힘입어 이제 건강을 되찾아…… 성베드루정신병원에서 앞으로 1주일이면 퇴원한다오. 마음 놓아요. 너무 그대를 만나고 싶어 무리한 탓이라는 생각이 드오. 남덕 씨에게 태현이와 태성이를 맡겨 고생시킨다는 게 너무 미안하오. 부족한 나를 널리 이해해주기를 바라오. 이제는 그림도 그리고 씩씩하게 생활하니 기뻐해줘요. 4, 5일 뒤에는 그대에게 또 아이들에게도 그림을 그려 보낼 생각이오. 건강한 모습으로 기다려줘요. 힘차게 살아주세요. 몸이 아프다보

—
돌아오지 않는 강

종이에 연필 · 유채, 1956년, 20.2×16.4cm

니 도쿄에 가는 것도 여의치 않게 되었어요. 도쿄에서 그대들이 오는 방법과 내가 가는 방법…… 서로 잘 조사해서 완벽하고 빠른 길을 찾아보도록 합시다. 잘 조사해보고 다시 연락하리다. 그럼 건강하게, 답장 부탁드리오.

중섭

소

종이에 유채, 1956년 무렵, 29×40.3cm

부록

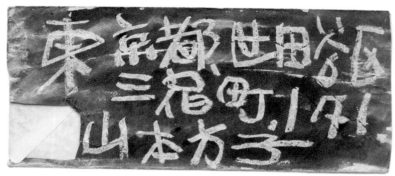

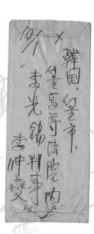

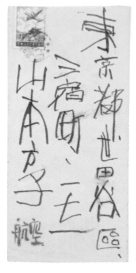

정성이 담긴 편지 봉투 글씨
마치 펜을 붓처럼 쥐고 쓴 듯한 글씨체에
봉투 겉면에 색을 칠한 것도 있다. 이중섭
이 주소와 이름을 쓸 때도 정성을 다했음
이 잘 드러난다. 이러한 서예적 요소는 중
섭이 어렸을 때부터 서예에 조예가 깊은
형에게 글씨 쓰기를 배운 데서 비롯했다.

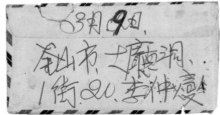

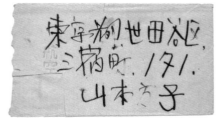

1953년 3월 9일의 첫 편지

현재 남은 첫 편지. 헤어진 지 상당한 기간이 지나서야 편지가 처음 등장하는 것은 이 무렵 한일 관계에 먹구름이 끼었던 까닭으로 추측된다.

낙관으로 장식한 편지

1953년 4월 20일의 편지. 신일본증기선회사 용지에 쓰고 편지지 곳곳에 자신의 낙관을 찍어 장식을
한 것이 이채롭다.

태현과 태성에게 쓴 편지 두 통

이중섭은 두 아이에게 각각 비슷한 그림을 그려 편지를 부치곤 했다.

아이들에게 보낸 그림 장식 편지

중섭은 부인 남덕에게서 들은 두 아이의 이야기를 편지에 그림으로 담곤 했다.

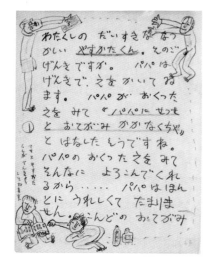

わたくしの だいすきな
やすなりくん。たいへん
あついでせう。ママが
びょうき なのに、やす
かたくんと けんかし
ないように。ママのお
つしやる ことを よくきい
て。げんきに あそんで
まていて くださいね。
パパが ゆくとき おもちゃ
たくさん かつて いつて
あげませう。 さよなら
パパ 仲變

わたくしの だいすきな なつ
かしい やすかたくん。そのご
げんきですか。パパは
げんきで、えを かいて ゐ
ます。パパが おくつた
えを みて "パパに せつせ
と おてがみ かがなくちや"
と はなした そうです ね。
パパの おくつた えを みて
そんなに よろこんでくれ
るから……パパは ほん
とに うれしくて たまりま
せん。こんどの おてがみ

やすなりくん
わたくしの よいこ やすなりくん。
あにいさん の おてがみ に、
やすなりと きれいに かいて
くれて ありがたう。たいへん
きれいに かけて います ね。
やすかた にいさん の がつこう
の うんどう かいに ままと
いつしよに いつて みてきたん
ですつて ね。おもしろかつた
でせう。パパは まいにち
ねつしんに げんきで えを
かいて います。そうすして
パパが どうきより ゆきます。
げんきで まていて くださいね。
パパ

わたくしの だいすきな
やすなりくん。そのごも
げんきでせうね。パパが
おくつた えを みて……
"パパつて やさしくて だい
すきだな。と ママに はな
をした そうです ね。パパ
は うれしくて たまりません
もつと おもしろい えを
かいて、おくつて あげ
ませう。
やすかた あにいさんが
べんきやう するときは
じやまを しないで そとで
あそぶのですよ ね。
さよなら
パパ

가족에게 부치는 연애편지

중섭은 짧은 기간 동안 꽤 많은 작품을 그리는 사이에도 편지에 정성을 다해 글을 쓰고 그림을 그려 가족에게 보냈다.

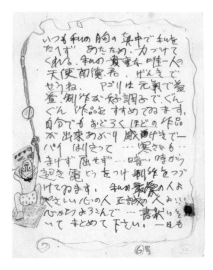

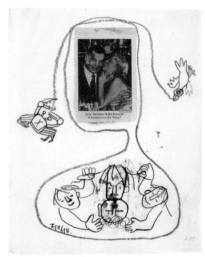
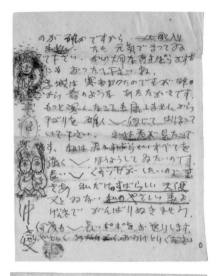

1916년 4월 10일 평안남도 평원군 조운면 송천리에서 이희주와 안악 이씨 사이에서 3남매의 막내로 태어났다. 아버지 쪽은 지주 집안이며, 어머니 쪽은 평양의 자본가 집안이었다. 12살인 형과 6살 위인 누나가 있었다. 이중섭이 아기였을 때 형 이중석이 이른 나이에 결혼했으므로 이중섭은 어머니와 형수의 보살핌을 함께 받으며 자랐다.

1920년(5살) 이중섭이 날 때부터 앓던 아버지가 사망했다. 그리기와 만들기에 깊은 흥미를 보였다. 마을서당에서 한글을 익힌 뒤 한문을 배웠다. 어머니가 순사의 뺨을 때리는 것을 보고 충격을 받았다.

1923년(8살) 평양 외가로 가서 종로공립보통학교에 입학했다. 김병기가 6년 내내 한 반이었다.

1926년(11살) 김병기네 집에 자주 가서 초창기 미술 유학생이었던 그의 아버지 김찬영이 발표한 표지 그림, 시나 비평 등이 실린 《학지광》, 《폐허》, 《창조》 등의 문예지, 희곡이 실린 잡지 《개벽》, 김찬영 자신이 장정하고 서시를 넣은 김억 번역시집 『오뇌의 무도』 등 각종 서적과 화구 그리고 구미 각국과 일본에서 만든 미술서적과 잡지 등을 구경하기도 했다.

이 해부터 1928년까지 평양의 미술단체 삭성회가 회원전과 전국 규모의 공모전을 실시했는데, 이것이 이중섭에게 커다란 자극과 영향을 주었다. 고학년 때에는 그림 그리기에 상당한 수준을 나타내 학교에서 그림이라면 단연 그를 꼽을 정도였다.

1929년(14살) 졸업하고 오산고등보통학교에 입학해 기숙사 생활을 시작했다. 도화 과목을 담당하던 과학 교사가 학생들의 배척을 받아 공석이었다. 2학년 초 팔이 부러져 1년간 휴학했다. 집에 가지 않고 하숙집에서 생활하며 그림 그리기에 몰두했다.

1930년(15살) 한 해 위인 화가지망생 문학수가 동맹휴학 주동자로 학교에서 제적되었다. 그러나 그 아버지가 구입한 말농장이 학교 근처에 있어서 김병기 등과 셋이 자주 머물렀다.

1931년(16살) 복학 직후, 도화와 영어를 담당하는 교사로 임용련이 부임해 왔다. 임용련은 미술실을 확보하고, 학생들에게 한글 자모로 구성한 그림을 그리게 하기도 하고, 두꺼운 한지에 먹물을 칠한 후 철필이나 펜촉으로 긁어내 흰 바탕이 드러나게 하는 실험적인 방식을 시도하게 했다. 이후 이는 은박지 그림 등으로 나타나서 이중섭 예술의 한 특징을 이루게 된다. 이 무렵부터 그림에 한자나 한글 이외의 다른 문자로는 이름을 쓰는 일이 없었던 것으로 보인다.

또 임용련은 주말마다 유화가인 아내 백남순도 함께 학생들과 야외로 나가 그림을 그리고 미술실에서 품평회를 열었다. 이중섭은 소를 즐겨 그리기 시작했으며, 임용련은 이중섭의 그림을 수업 때 학생들에게 보여주며 장래의 거장이라고 칭찬했다. 이 해 형이 졸업한 뒤, 돌아오지 않고 일본의 유명 서예가에게서 글씨 공부를 했다. 수소문 끝에 찾아서 설득해 돌아왔다. 후에 오랫동안 형수와 불화했다. 방학 때 집에 가지 않고 그림 그리기와 책읽기에 몰두했다.

1932년(17살)　9월 동아일보사가 주최하는 제3회 전조선남녀학생작품전람회에 〈시골집〉을 출품해 입선했다. 어머니와 형네 식구가 모든 가산을 정리해 원산으로 옮겨갔다. 이후 해마다 원산 근처 바다에서 해수욕과 낚시를 즐겼고, 서양 고전음악 감상에 몰두했다.

1933년(18살)　9월 제4회 전조선남녀학생작품전람회에 〈원산 시가〉가 입선했다.

1934년(19살)　1월 낡은 학교 건물에 불을 질러 일본인 보험사의 보상금으로 재건할 계획을 친구들과 모의한 후 새벽에 실행했다. 이중섭이 이를 뒤집어쓰기로 하고 임용련에게 고백해 묵인을 받았다.

1935년(20살)　9월 제6회 전조선남녀학생작품전람회에 〈내호(內湖)〉가 입선했다. 졸업 기념 사진첩 장식을 맡아 불덩어리가 조선 땅으로 날아드는 모습을 그렸다가 물의가 일어나 졸업 기념 사진첩의 제작이 취소되었다.

1936년(21살) 졸업하고 봄에 일본으로 건너가 도쿄에 있는 데이코쿠 미술대학에 입학했다. 학내 분규로 어지러운 상태였다. 상급학년에 재학 중이던 이쾌대를 알게 되었다. 스케이트를 타다가 크게 다쳐 요양에 들어갔다.

1937년(22살) 4월 3년제 전문과정인 분카가쿠인에 입학했다. 이곳에는 김병기와 문학수가 먼저 입학해 있었다. 홍준명, 안기풍, 이정규 등이 입학 동기였다. 이중섭의 그림에 대해 교수가 피카소의 모방이라 비판해, 이에 항의하기도 하는 등 갈등을 빚었다. 그러나 교장이 전교생이 모인 장소에 이중섭을 올려 세워 옷을 고쳐 입은 태도를 칭찬했다. 많은 학생이 모인 가운데서도 당당하게 조선말 노래를 유창하게 불렀으며, 작업으로 어질러진 하숙방에서도 난초를 키우는 정갈함이 있어 급우들의 찬탄을 받았다. 민족 차별 태도가 없었던 화가 쓰다 세이슈를 알게 되어 급속히 가까워졌다. 그를 통해 그 제자인 송혜수를 알게 되었다. 쓰다 세이슈가 늘 이중섭을 칭송하는 것을 알게 된 그는 평생 이중섭을 존중했다.

1938년(23살) 5월 일본 도쿄를 근거지로 활동하는 미술가들이 창립한 단체인 지유비주쓰카교카이의 제2회 전람회 공모 부문에 3점의 〈소묘〉와 2점의 〈작품〉을 내 입선과 동시에 협회상을 받았다. 이 작품들에 대해 시인이자 평론가인 다키구치 슈조, 이 모임 주동자인 하세가와 사부로 등이 글을 통해 이중섭의 작품을 극찬했다. 이 공모전에 출품해 입선한 박생광과 처음 알게 되었다. 연말을 전후해 무리한 탓에 병이 생겨 휴학하고 원산으로 돌아가서 휴양했다.

1940년(25살) 졸업과 동시에 연구과에 진학했다. 후배인 야마모토 마사코와 사랑에 빠졌다.

5월 제5회 지유텐에 출품해 입선했다. 10월 경성에서 이름이 미술창작가협회로 바뀐 지유텐에 〈서 있는 소〉, 〈망월〉, 〈소의 머리〉, 〈산의 풍경〉을 출품했다. 화가 김환기와 진환이 글을 통해 극찬했다. 이 무렵부터 자주 개성박물관에 들러 연구와 스케치에 몰두했다. 이듬해 창립전을 치르는 조선신미술가협회의 준비를 위해 이 무렵 본격적으로 접촉하기 시작한 이쾌대와 그의 형 이여성의 직간접적 영향 때문으로 보인다.

연말부터 마사코에게 그림만으로 된 엽서를 보내기 시작했다. 초기에는 청먹지로 옮겨 그리다가 이내 잉크로 줄을 긋고 색칠하는 방법으로 옮아간다. 이듬해에만 90점 가까이 그려 보냈다. 이 일은 1942년과 1943년까지 띄엄띄엄 이어진다. 릴케의 시를 적어 보내기도 했다.

1941년(26살) 3월 일본에서 활동하던 조선인 미술가들이 결성한 조선신미술가협회의 창립회원이 되었다. 3월 2~6일에 도쿄 긴자화랑에서 열린 그 제1회전에 〈연못이 있는 풍경〉 등을 출품했고, 마사코와 전시장을 방문했다. 4월 제5회 지유텐에 〈망월〉, 〈소와 여인〉, 〈소묘〉를 출품해 입선하고 김환기와 문학수, 유영국에 이어 회우로 추대되었다. 화가 이마이 한자부로가 미술잡지를 통해 극찬했다. 이 달에 보낸 두 장의 엽서에 아르누보풍 그림을 그렸다.

5월 경성에서 다시 열린 조선신미술가협회전에 출품했다.

6월 초에 함께 걷던 마사코가 다리를 다치자 치료해주고 그 장면을 그린 엽서를 속달로 보낸다.

—
도쿄 유학 시절 야유회에서.

—
1940년대 초 화우들과 함께.
왼쪽부터 최재덕, 이쾌대, 이중섭, 김종찬.

—
망월. 1940년 제4회 지유텐(자유미술가협회) 출품작.

—
소묘. 1941년 제5회 지유텐(자유미술가협회) 출품작.

—
결혼사진. 1945년 5월.

7월 초 추상풍의 엽서 그림을 여러 장 그려 보냈다. 늦여름부터 초가을 사이 일본에서 돌아와 원산에서 지냈다.

9월부터 마사코에게 보낸 엽서의 주소 면에 자신의 이름을 흰 탑이라는 뜻의 '소탑(素搭)'이라고 썼다. 이즈음 엽서 그림에 원시주의적이며 아동화 같은 화풍과 재료가 드러난다. 연말에 일본으로 거처를 옮겼다.

1942년(27살) 봄에 〈소와 아이〉를 그렸다. 이때 처음으로 '대향(大鄉)'이라고 적고는 이후 종종 이 서명을 사용했다.

4월 제6회 지유텐에 회우로서 〈소와 아이〉, 〈봄〉, 〈소묘〉, 〈목동〉, 〈지일(遲日)〉을 출품했다. 지유텐 창립회원인 쓰다 세이슈가 출품작 제목이 두보의 시에 바탕을 두었음을 지적하고 칭찬했다. 이중섭의 출품작이 일간지에 원색으로 소개되었다고 한다.

5월 경성에서 열린 제2회 조선신미술가협회전에 출품했다. 여름에는 서울을 방문한 마사코와 함께 시인 오장환, 서정주 들과 어울렸다. 서정주가 지난해 나온 자신의 시모음에 수록된 시 3수를 이중섭이 외자 놀랐다는 이야기가 전한다. 이 무렵 마사코의 모습과 그녀가 소와 희롱하는 모습을 담은 연필화 〈여인〉, 〈소와 소녀〉를 그린다.

1943년(28살) 3월 제7회 지유텐에 이대향이라는 이름으로 5점의 〈소묘〉와 〈망월〉, 〈소와 소녀〉, 〈여인〉 등을 출품해 〈망월〉로 특별상인 태양상을 받았다.

8월 경성에서 세 번째로 열린 조선신미술가협회전에 불참했다. 이 무렵 일본 생활을 청산하고 돌아와 원산에 머물며 작업에 몰두했다.

1944년(29살) 여름 무렵 제4회 조선신미술가협회 소품전에 출품했다. 징병을 피하기 위해 고아원에서 잠시 아이들을 가르쳤다.

10월 말부터 다음달 초로 이어져 조선신미술가협회 주최로 열린 최재덕 개인전의 발기인으로 참가했다. 이 해 말 평양 체신회관에서 김병기, 문학수, 황염수, 윤중식, 이호련, 황염수 등과 6인전을 열었다. 이 전시회 출품작 가운데는 소 그림이 많았다. 이 전시회 때 박수근과 처음 알게 되고, 이후 친밀한 사이가 되어 박수근이 원산에 있던 이중섭을 자주 방문했다.

1945년(30살) 4월 마사코가 배를 타고 천신만고 끝에 경성을 거쳐 원산으로 왔다. 5월 조상 때부터의 풍속대로 결혼식을 치렀다. 아내의 이름을 이남덕이라 지었다. 원산 광석동에 집을 마련했으나 곧 연합군의 폭격으로 교외에 있는 과수원으로 이사했고 그 직후 8·15 해방을 맞이했다.

10월 서울 덕수궁 석조전에서 열린 해방기념 미술전람회에 출품하기 위해 연필화 〈세 사람〉과 〈소년〉을 들고 갔으나 늦어서 출품하지 못했다. 이 그림들을 인천금융조합에서 개최된 전람회에 출품하고, 일본 유학 시절부터의 지인에게 선물로 주었다. 이 무렵 최재덕과 함께 지금의 미도파백화점 지하실에 복숭아나무에 매달린 아이들을 소재로 벽화를 그렸는데, 밑그림은 이중섭이 맡아 그렸다. 명동의 술집에서 친구가 여러 사람에게 뭇매질을 당하는 것을 막느라 싸우다가 그곳을 순찰 중이던 미군 헌병에게 방망이로 맞아 머리가 터졌다.

벽화 제작 사례로 받은 돈으로 골동품을 많이 사서 원산으로 돌아갔다. 이때 구입한 작은 불상을 늘 몸에 지니고 다녔으며, 등잔은 원산에서 살던 내내 불 밝히는 데 사용하며 애지중지했다. 평양에 갈 때마다 양명문의 소개로 훗

날 서예가이자 수집가로 이름 높은 의사 김광업에게서 우리 문화재에 대한 가르침을 받았다.

1946년(31살) 2월 조선예술동맹 산하의 미술동맹 원산지부 회화부원이 되었다. 또한 조선미술협회를 탈퇴했던 사람들로 구성된 조선조형예술동맹에 가입했다. 이 모임에서 단상에 올라가 발언 중인 길진섭의 따귀를 때리는 사건이 일어났다. 원산사범학교의 교장이 된 오산의 은사가 강권해 미술교사가 되었지만 이내 사직했다. 여기서 화가 지망생 김인호와 인연을 맺었다.
8월 평양에서 열린 제1회 해방기념미술전람회에 〈하얀 별을 안고 하늘을 나는 어린이〉를 내서 소련인 평론가 나탐의 극찬을 받는다.
10월 원산 시내에 미술연구소를 차렸다가 당국의 불허로 금방 문을 닫았다. 미술공부를 하러 왔던 훗날의 화가 김영환을 알게 된다. 이 무렵 닭을 기르며 닭그림에 열중했다. 첫 아들이 태어났으나 디프테리아로 곧 죽었으며, 이때 아이의 관에 복숭아를 쥔 어린이를 그린 연필화 여러 점을 넣었다. 고아원에 가서 아이들을 돌보는 일을 잠시 했다. 연말에 원산문학가동맹에서 펴낸 공동시집 『응향(凝香)』의 표지화를 그렸다. 훗날의 시인 김광림이 방문해 친밀해진다.

1947년(32살) 6월 친구인 오장환의 시집 『나 사는 곳』에 속표지 그림을 그렸다. 아들 태현이 태어났다. 평양을 거쳐 원산에 온 소련의 미술가와 평론가 3인이 이중섭의 그림을 보고 천재이기 때문에 '인민의 적'이라고 비판했다. 당시 그의 그림은 성난 소와 닭, 까마귀들을 굵은 선과 속도감 있는 필치로 그린 것이었다. 이후 이러한 압력을 피해 소련식 사회주의 사실주의풍으로 그림을 그리기도 했다.

1948년(33살) 2월 미군정의 체포령을 피해 월북한 친구 오장환을 만났다.

1949년(34살) 봄 아들 태성이 태어났다. 원산 시외인 송도원으로 이사했다.
소를 하루 내내 관찰하다 소 주인에게 도둑으로 몰려 고발당하기도 했다.

1950년(35살) 2월 인민군 창설 2주년 기념식의 미술감독으로 뽑혀 평양에
머물렀다.
6월 전쟁이 발발한 직후에 가장인 형이 행방불명되었다.
10월 집이 폭격으로 부서져 가까운 친척집으로 피신했다. 점령한 국군 당국
의 강요로 신미술가협회를 결성하고 회장이 되었다.
12월 초 어머니와 나머지 가족들을 두고 아내와 두 아들, 종손이 된 조카 영
진과 함께 피난한다. 그리다 만 작품 한 점만을 가지고 후퇴하는 국군의 화
물선을 타고 사흘 걸려 부산에 다다랐다. 피난민 수용소에 머물었고, 정밀한
신상 조사 후 외부출입이 허용되면서 부두에서 짐 부리는 일을 했다. 이때
널빤지를 훔친 껌팔이 소년을 잡아 마구 때리는 헌병을 말리다가 헌병들이
휘두른 곤봉에 맞아 큰 상처를 입었다.

1951년(36살) 봄에 악화된 전세에 따른 당국의 종용으로 가족을 이끌고 제
주도로 건너갔다. 여러 날 걸어서 서귀포에 도착했는데, 이때의 체험을 바탕
으로 〈피난민과 첫눈〉을 그린다. 배를 태워준 선주가 제공해준 집에서 살다
가 2개월 뒤 서귀포에 집결한 목사들의 횡포에 격분해 변두리의 작은 방으

로 옮긴다. 그 선주에게 사례하기 위해 6폭의 병풍 형식의 그림과 유화 〈서귀포의 환상〉, 〈섶섬이 보이는 서귀포 풍경〉, 〈바닷가의 아이들〉을 그려주었다. 이 그림들이 남으로 와서 처음 그린 그림들이다.

배급받은 식량이 모자라 고구마나 바닷가에 나가 잡아온 게로 보충했다. 이곳에서 오랜만에 평온한 눈빛을 지닌 소를 보고 다시 소 그리기에 열중했다. 특히 이웃에 있는 잘생긴 소에 반하여 이를 열심히 그렸다. 또한 후일 벽화를 그리겠다며 갖가지 조개껍데기를 채집하기도 했다.

9월 부산에서 열린 전시미술전(또는 월남미술가전)에 출품했다.

12월 다시 부산으로 옮겼다. 오산학교 후배를 만나 범일동에 있는 귀환 동포를 위한 판잣집을 얻게 되었다. 일본의 처가로부터 소액의 원조금이 왔다. 이 무렵 이곳 풍경을 담아 〈범일동 풍경〉을 그린다.

1952년(37살) 2월 장인의 사망 소식을 받지만 아내에게 알리지 않는다. 국방부 정훈국 종군화가단에 가입했다.

3월 종군화가단이 대한미협과 공동으로 개최한 3·1절 경축미술전에 출품했다. 이 무렵 부인이 폐결핵에 걸려 각혈을 하고 아이들이 병드는 등 곤란이 계속되었다.

7월 부인과 두 아들이 일본인 수용소에 들어갔다가 여름에 일본인 송환선을 타고 일본으로 갔다. 유화가 박고석의 집에서 3개월 가량을 지냈다. 구상이 사화평론집 출판을 위해 책표지 그림을 의뢰받아 여러 장의 시안을 제작하지만 계엄령에 따른 검열 탓인지 채택되지 못한다. 가을에는 영도에 있는 대한경질도기주식회사에 다니던 친구 황염수의 소개로 그 회사 작업대에서 두 달 동안 미술대 학생 김서봉과 함께 지냈다.

–
일본에서 보내온 이남덕의 사진.

–
남덕과 태현, 태성.

–
1954년 경남 진주 시절의 이중섭.

–
1955년 서울 미도파화랑에서 열린 개인전에서.

10월 친구인 소설가 김이석의 소설 삽화를 시작으로 《주간문학예술》에 삽화
를 그렸다.

11월 월남미술인 작품전의 심사위원을 맡았으며 〈작품A〉, 〈작품B〉, 〈작품
C〉를 출품했다. 형을 잃고 홀로 된 김영환과 함께 생활했다. 불도 땔 수 없
는 산꼭대기 판잣집에서 겨울을 나면서 몸이 무척 상했다. 친구 한묵이 의뢰
받은 노래극 〈콩쥐팥쥐〉의 공연에 필요한 무대장치와 의상, 소도구 만들기
등의 일을 도우며 남포동에서 지냈다.

연말 또는 이듬해 초, 일본에 있던 부인이 이중섭의 생활과 제작비를 위해
통운회사 사무장으로 일하던 이중섭의 후배 마 씨를 통해 일본서적을 보내
팔았으나 책값을 떼이고 큰 손해를 보았다. 또 일본에 밀항해 갔다가 체포된
이중섭의 친구가 부인에게 보증금과 여비를 빌리고는 이를 돌려주지 않아
큰 빚을 지게 되었다. 연말 무렵 일본으로 가기 위해 애쓰기 시작했으며, 이
를 위해 오산 동문인 당시 항만청장, 김광균과 구상, 일본의 지인들이 애를
썼다. 처가에서도 주위의 고관 등에게 부탁하는 등 이중섭의 일본 방문을 성
사시키기 위해 노력했다.

1953년(38살) 3월 이때부터 사망 때까지 가족들과 편지를 주고받는다.

5월 말, 김환기의 강권으로 신사실파에 가입해, 그 세 번째 동인전에 두 점
의 〈굴뚝〉을 출품하지만 검열 당국이 거의 모든 동인들을 조사하고 작품을
철거한다.

7월 말, 오래 애쓴 끝에 선원증을 입수해 일본으로 가서 아내와 아이들을 만
나고 일주일 만에 돌아왔다. 이때, 늘 지니고 다니던 불상과 태양상의 부상
으로 받은 팔레트, 그리고 70매가량의 은박지 그림을 부인에게 맡겼다. 이

후 다시 일본으로 가기 위해 애썼지만, 결국 가족과 다시 만나지 못했다. 이 무렵부터 아내와 아이들에게 보내는 편지에 그림을 동봉하기 시작했다.

8월 휴전이 성립되면서 정부가 서울로 돌아가는 분위기에서 주택난이 덜어 져 난방 가능한 집으로 이사했다. 가을 무렵, 이중섭의 고미술에 대한 안목 을 신뢰한 통영 나전칠기 기술원 양성소 교육 책임자인 유강렬의 권유로 통 영으로 갔다. 이곳 졸업생으로 화가를 지망하던 이성운과 한 방에서 지내며 제작에 몰두, 이듬해 초까지 약 150점가량의 그림을 그렸다. 〈달과 까마귀〉, 〈떠받으려는 소〉, 〈노을을 등지고 울부짖는 소〉, 〈흰 소〉, 〈부부〉 등 여러 작 품이 이때 완성되었다.

11월 부산의 유강렬 집에 맡겨두었던 부산 시절에 그린 그림 150점가량이 도심을 휩쓴 대화재로 모두 타버렸다.

1954년(39살) 봄 이성운과 통영 일대를 다니면서 풍경화 그리기에 몰두했 다. 〈푸른 언덕〉, 〈충렬사 풍경〉, 〈남망산 오르는 길이 보이는 풍경〉, 〈복사 꽃이 핀 마을〉 등과 이성운의 고향 욕지도를 방문해 그리기도 했다.

5월 하순 당국의 허가가 나지 않아 늦추어지던 전시를 유강렬, 장윤성, 전혁 림과 4인전으로 개최했다. 곧 양성소에 분규가 생겨 곧 통영을 떠났다. 화가 박생광의 초대로 진주로 갔다가 대구를 거쳐 서울로 갔다.

6월 하순 한국전쟁 발발 4주년을 기념해 경복궁미술관에서 열린 대한미협 전에 〈소〉, 〈닭〉, 〈달과 까마귀〉를 내 호평을 받았다.

7월 중순. 원산 사람 정치열이 누상동에 있는 집을 제공해주어 여기서 개인 전을 열 계획으로 제작에 몰두했다. 이 집에서 대표작 〈도원〉, 〈길 떠나는 가 족〉 등을 그렸다. 연말에 집이 팔리자 이종사촌 이광석 집으로 옮겨 전시회

마무리에 몰두했다. 이 무렵 자신을 괴롭히는 사이비 예술가들을 혼내주었고, 정신병자라는 모함이 이어졌다. 정신병원에 보내져 치료를 받았다.

1955년(40살) 1월 역시 당국의 허가가 나오지 않아서 늦추어지던 개인전 드디어 18일부터 27일까지 서울 미도파화랑에서 개인전을 열렸다. 유화 41점, 연필화 1점, 은박지 그림을 비롯한 소묘 10여 점을 냈다. 출품작 중의 봉황을 그린 그림의 제목이 외세에 의한 남북의 분단을 가리킨다고 하여 제목을 바꾸라는 종용을 받아 결국 바꾸었고, 은박지 그림이 외설스럽다 하여 당국에 의해 철거되는 등 여러 물의가 일어났다. 당시 미국인 문정관 맥타가트가 은박지 그림 3점을 구입해 미국 뉴욕 현대미술관에 기증했다. 일반의 호평과는 달리 몇몇 평자에게서는 시대착오적이라는 평이 나오기도 했으며, 전시 기간 내내 사람들과 어울려 술을 마시는 등 무리를 했고, 전시가 끝난 후에는 그림 값도 제대로 못 받는 등 아내의 빚을 갚아보려는 애초의 목적을 전혀 이루지 못하게 되었다.

2월 하순 남은 그림을 가지고 대구로 갔다. 원산에서 폭격 속에서도 그림에 몰두한 이중섭에 감탄한 교사가 머물 곳을 주겠다고 했으나 노이로제 환자라는 주위의 모함으로 좌절된다. 대구역 앞의 여관과 칠곡의 최태응 집을 전전하며 제작을 계속해 5월에 대구 미국문화원 전시장에서 개인전을 열었다. 작품은 거의 팔리지 않았으며, 실망과 분노에 영양 부족까지 겹쳐 극도로 쇠약해졌다. 여관의 손님 신발을 모두 거두어 씻기도 하고, 청소를 하기도 하는 등 보상 행위에 몰두해 친구들에게서 정신병자라는 말을 들었다.

7월 구상이 대구 성가병원 정신과에 입원시켰다. 자신이 정신병자가 아니라는 것을 보여주기 위해 연필로 사실적인 〈자화상〉을 그렸다. 왜관의 구상 집에서 요양하던중 단란한 구상의 가족을 부러운 듯 쳐다보는 자신이 등장하는 〈구상네 가족〉과 〈성당 부근〉 등을 그렸다.

8월 말경, 서울의 이광석 집에 머무르게 되었으나 이광석이 미국으로 연수를 떠나면서 친구들이 수도육군병원 정신과에 입원시켰다. 여기서 극심한 이른바 전기에 의한 치료를 받아 더욱 건강이 상한다. 그 후 성베드로 병원으로 옮겼고 늦가을에 퇴원해 이듬해 초까지 화가 한묵과 정릉에서 살기 시작했다. 심한 황달 증세를 나타냈다.

1956년(41살) 영양실조와 간염으로 고통을 겪으며 다시 음식을 먹지 못하게 되었다. 봄에 청량리 뇌병원 무료입원실에 입원했다가 원장 최신해에 의해 정신 이상이 아니라 극심한 간염이라는 진단을 받고 즉시 퇴원했다. 그 후 상태가 많이 나빠져 서대문 적십자병원 내과에 입원했다. 입원한 지 한 달가량 지난 후인 9월 6일 숨을 거두었다. 3일 뒤 이 사실을 안 친구들이 장례를 치렀다. 화장된 뼈의 일부는 망우리 공동묘지에, 다른 일부는 일본에 살던 부인에게 전해져 그 집 뜰에 모셔졌다.

최석태

　이중섭이 어머니와 자신의 형제들 및 그 자녀들과 이웃해 살던 원산을 떠나 남쪽으로 내려온 때는 1950년도 다 저문 겨울이었다. 전쟁 탓에 시작한 타향살이로 하루에 제대로 된 밥 한 끼를 먹기도 힘든 생활이었지만, 그로부터 겨우 5년 동안 이중섭이 남긴 그림은 적지 않다. 제주 서귀포의 바닷가를 환상 그득하게 그린 그림과 통영의 아름다운 항구 풍경들 그리고 잊을 수 없게 인상 깊은 소의 모습은 화가로서의 이중섭을 영원히 기억되도록 하는 바가 되고 있다.

　이중섭이 길지 않은 여생을 보내면서 남다르게 남긴 것이 또 있다. 편지들이다.

　1952년 여름 부인과 두 아들을 일본으로 떠나보낸 후 이중섭은 부인과 편지를 주고받기 시작한다. 이중섭이 부인 남덕에게 보낸 편지 중 지금 우리가 읽을 수 있는 편지는 서른아홉 편. 아이들에게 보낸 것까지 합하면 60여 편에 이른다. 가족에게 그려 보낸 그림과 함께 이중섭의 편지는 이중섭을 이해하는 데 없어서는 안 될 중요한 연결고리이다. 그래서 이중섭이 남긴 그림을 진주라고 한다면, 편지

또한 종류가 다른 진주라고 해야 할 것이다.

이중섭은 부인과 아이들에게 일본어로 편지를 썼다. 편지의 내용을 살펴보면, 어서 편지를 보내달라고 아내에게 조르는 것은 늘 있는 일이며, 사흘에 한 통씩 편지를 보내달라 했는데 제때 보내지 않는다고 아내를 윽박지르는가 하면, 욱하고 화를 낸 것이 미안해 곧 사과하고, 짧은 일본어 어휘력을 최대한 발휘해 온갖 미사여구로 부인을 찬미하고는 편지 둘레에 "뽀뽀"라고 가득 적어 글자로 테두리를 만들기도 한다. 한글로 "남덕아… 빨리 빨리"라고 써놓은 부분도 있는데, 사랑하는 이를 만나지 못하고 부족한 말로 편지를 쓰다 너무도 답답해지고 간절해진 심정을 그대로 읽을 수 있다.

아이들에게도 이중섭의 사랑은 지극하다. 어떻게든 사랑을 표현하고 싶지만 쉽지 않다고 부인에게 고충을 토로하고, 떨어져 지내느라 정을 주지 못하는 아이들에게 자그마한 무엇이라도 전하고자 그림을 그린다. 아이들이 아프다는 소식을 듣고는 편지에 복숭아를 그려 얼른 낫기를 빌고, 자신이 쓴 편지에 대한 아이들의 한마디 한마디와 조그만 반응에도 크게 기뻐하며, 전시회를 연 후 일본에 가면 반드시 자전거를 사주겠다고 몇 번이나 말한다.

그렇다고 칭얼대는 모습만 담겨 있는 것은 아니다. 편지에는 이중섭이 자신이 실천하는 미술이 어때야 하는지에 대한 절절한 증언도 다수 포함되어 있다. 자신을 "한국이 낳은 정직한 화공"이라고 부르며 최악의 조건을 딛고 새로운 표현, 동포들이 기뻐하고 즐거워할 수 있는 훌륭한 작품, 올바르고 아름다운 표현을 일궈내겠다고 굳게 다짐한다. 한없이 너른 심정을 알 수 있기도 하지만, 너무나 절박하여 마음을 매섭게 가지라고 촉구하는 모습에서는 무서운 부분을 보이기도 한다.

　이렇게 이중섭의 편지에는 한 여인을 사랑하는 남자로서, 두 아이를 아끼는 아버지로서, 그리고 새로운 미술 표현을 위해 온힘을 다하는 화공으로서의 모습이 가감없이 드러나 있다. 편지들을 읽고 나면 '그래서 이중섭이 가족을 그리고, 아이들을 그린 그림에 그토록 절절하게 사랑의 감정이 넘치는구나' 하고 깨닫게 된다. 전쟁통에 어머니를 비롯한 혈육과 헤어진 후 다시 가족과도 떨어져 지내게 된 이중섭에게 가족과의 합일은 어떻게든 이루고 싶은 염원이었을 게다. 가족을 황소가 끄는 소달구지에 태워 남쪽 나라로 가 자신이 그리고 싶은 그림을 그리며 행복하게 살고 싶다는 희망을 이루지 못한 것, 그래서 더 좋은 작품들을 많이 남기지 못한 것은 이중섭 개인뿐 아니라 한국의 미술계로서도 안타까운 일이다.

　부인이 받아 모아두었던 이 편지들이 오래 잠자고 있다가 최초로 공개된 때는 1970년대 말이었다. 이때 봉투와 속에 든 편지를 분리하면서 미처 써 보낸 날짜에 대한 정보를 편지에 옮겨 적어두는 일을 잊었던 것 같다. 정확한 날짜를 모르게 된 것은 물론 대략이라도 짚어내는 일이 어려운 일이 생겼다. 그나마 아내에게 보낸 편지는 짧지 않은 서술을 살펴서 보낸 날짜를 추정하는 일이 어렵지 않다. 그러나 아이들에게 보낸 편지의 경우 재미나는 그림이 많아서 흥미를 끌지만 서술이 짧아 날짜를 헤아리기에는 곤란한 점이 많다. 많은 경우 아내에게 보낸 편지에 함께 보냈으리라 여겨지지만 짝을 맞추기가 여간 어렵지 않았다. 아쉬운 일이다.

이미 나온 책들은 순서가 맞지 않는 것은 물론 빠트린 편지, 나아가 일부 내용이 빠진 것도 있었다. 그래서 아무리 읽어보아도 잘 이해가 되지 않았다. 또한 아내와 두 아이에게 써 보낸 것은 일본어지만, 친구들이나 조카에게 보낸 것은 당연히 한글일 텐데, 이런 편지들이 빠짐으로써 이중섭이 일어로만 편지를 쓴 사람인 양 오해될 만한 주석이 달리기도 했다. 이중섭이라는 인물과 그의 예술을 제대로 이해하는 데 걸림돌이 되기도 했다.

남아 있는 편지들을 순서대로 복원하고 싶었으나 쉬운 일은 아니었다. 이 정도의 작업이나마가 가능했던 데에는 지난 2015년 초 서울 현대화랑에서 개최한 전시 '이중섭의 사랑과 가족'이 있어서다. 화랑 측이 여기저기서 빌려온 자료가 바탕이 되었기 때문이다. 자료를 정리하다 보니 편지를 새로 묶어서 조금 더 온전한 모습으로 알리고 싶어졌다. 현실문화 김수기 대표가 이중섭 편지를 새롭게 번역해 책을 내기로 해주었다.

날짜가 확실한 편지들을 기준으로 삼고 편지의 원본을 대조해 순서를 가다듬는 작업은 지난했다. 적지 않은 편지가 사라져 존재하지 않았기 때문에 아쉬움은 더했다. 조각이 몇 개 비어 있는 퍼즐을 완성품이라고 할 수는 없을 것이다. 노력했지만 부족한 부분은 차후에 반드시 보완할 계획이다.

편지가 가족에 대한 사랑을 절실히 드러낸 것이라면, 엽서에 그린 그림은 이중섭이 가족을 이루기 전 애끓는 사랑의 과정이다. 뛰어난 화가이자 진실한 인간이었던 이중섭의 흔적이어서 그랬던 것도 있겠지만 부인이 고이 간직해오지 않았더라면 엽서에 그린 그림과 편지는 세상에 남지 못했을 것이다. 다시 한번 소중한 흔적을 남겨 우리가 보고 읽으면서 그 마음을 엿볼 수 있도록 해주신 부인께 감사드린다.

그의 편지글을 읽고 또 그의 그림을 보고 내가 느낀 첫 인상은 무한정의 '밝음'과 '힘'이었다. 늘 외롭고 배고팠던 한 예술가의 그림이 어찌 이리도 밝고 아름다울 수 있을까. 그리고 어떻게 그는 정신의 힘을 유지할 수 있었을까.

가족에 대한 그리움과 앞으로 그에게 펼쳐질 행복한 시간에 대한 희망으로 밝으면서 긍정적일 수 있었을까? 아마도 그럴 것이다. 그렇지만 그보다 더 깊은 곳에서 일어나는 힘과 영혼의 자각이 그와 더불어 있었던 것 같다. '소'를 그린 그림에서나 자주 등장하는 '물고기' 모티프를 볼 때 그가 조에(zoe: 생명력)라고 해야 할 그 무엇과 강렬하게 접해 있었다는 느낌을 떨칠 수 없다. 그런 원초적인 생명력을 온몸으로, 영혼으로 느끼고 그것을 예술적으로 행위하지 못했다면 그의 정신은 아주 일찍 무너지고 말았을 것이다. 그는 해방과 전쟁의 혼란 속에서도 결코 절망하거나 허무에 빠지지 않았다. 오히려 더 새롭고 완성된 표현을 얻기 위해 배우고 싶어 했고, 그가 살아가는 그 장소의 예술을 더 높은 곳으로 이끌어가려는 사명감마저 가졌다. 그 어려움 속에서. 그를 쓰러뜨린 것은 견딜 수 없을 만큼 큰 그리움과 일용할 양식의 부족이었다. 그 시절에 표현의 극한 지점에서 노닐었던 지고의 예술가가 배고픔 때문에 쓰러졌다. 그의 편지를 읽으면서 몇 번이나 참을 수 없는 가슴 저림에 사로잡혔지만, 우리의 현대사를 떠올리며 격한 감정을 누그러뜨려야 했다. 그를 역사 속에 밀어 넣지 않고는 버텨내며 읽어내기 힘든 편지글이었기 때문이다. 어느 날인가, 이런 사랑과 예술적 충동으로 가득한 사람이 나와 같은 공간에서 숨을 쉬며 살았다. 그것만으로 가슴 벅차다. 그의 그림을 몇 점 보았던 나에게, 이 편지글은 그의 혼이고 살이었다. 그리고 이제 나는 그의 작품과 그를 더욱 더 사랑한다.

식민지 시대와 전쟁의 혼란기를 살았던 이중섭이 일본에 사는 부인과 아이들에게 보낸 편지글들을 지금의 시대 독자에게 잘 읽힐 수 있게 고쳐보려고 노력했다. 이를테면 '태성 군'에서 호칭 '군'을 빼고 '태성이, 태성아'로 고치고, 부인 마사코 여사에게도 '군'이란 말을 썼는데, 그것을 '씨'로 바꾸었다. 이런 사소한 노력들이 독자들의 책 읽기에 도움을 주어 매끄럽게 읽히는 글이 되었으면 하는 바람이다.

2015년 3월 13일

양억관

이중섭 편지

ⓒ 양억관 2015

첫 번째 찍은 날 2015년 4월 10일
네 번째 찍은 날 2024년 4월 10일

지은이 이중섭
옮긴이 양억관
기획 최석태
펴낸이 김수기

디자인 이경란

펴낸곳 현실문화연구
등록 1999년 4월 23일 / 제2015-000091호
주소 서울시 은평구 불광로 128, 302호
전화 02-393-1125 **팩스** 02-393-1128
전자우편 hyunsilbook@daum.net
ⓗ blog.naver.com/hyunsilbook　　ⓕ hyunsilbook　　ⓧ hyunsilbook

ISBN 978-89-6564-116-2 04810

표지그림 이중섭, 〈서귀포의 환상〉(도판 제공: 삼성미술관 Leeum)

이 도서의 국립중앙도서관 출판시도서목록(CIP)은 서지정보유통지원시스템 홈페이지(http://seoji.nl.go.kr)와
국가자료공동목록시스템(http://www.nl.go.kr/kolisnet)에서 이용하실 수 있습니다. (CIP제어번호: CIP2015008779)
가격은 뒤표지에 있습니다.